KB057924

선학동 나그네

선학동 나그네

이청준 지음

문이당

• • •

청소년 판을 내면서

이 책에 실린 네 작품들은 각기 남도 소리꾼과 화가, 소설가들의 이야기입니다. 모두가 예술인의 삶과 그 세계를 그린 소설들입니다.

우리는 흔히 예술의 세계를 아름답고 축복스러운 것으로 여깁니다. 예술 작품을 누리는 쪽에선 더욱 그렇습니다. 하지만 그 세계에는 뼈를 깎는 고뇌와 고통이 담겨 있습니다. 작품을 이뤄 내는 예술인의 삶과 정신에는 더욱 그러합니다. 예술 창작은 예술인의 삶과 구원의 길이기도 하지만, 그 길이 너무 멀고 험난하기 때문입니다.

네 작품 모두 그 예술인의 힘든 삶과 고뇌 어린 창작의 길을 쓴 셈인데, 그 얼개를 대충 추려 보면 이런 식입니다. 먼저 「선학동 나그네」는 같은 제목의 영화로도 알려진 「서편제」의 뒷 이야기이자 연작 소설 『남도 사람』의 종결편에 해당하는 작품으로, 어릴 적 헤어진 소리꾼 누이를 찾아 남녘 땅 고을고을을 헤매고 다니는 이복 오라비의 회한 어린 사연과, 그가 마침내 애끓는 그리움의 소리를 신고 떠도는 마음속 선학(仙鶴)의 모습으로 그 누이를 만나고 다시 헤어지는 줄거리입니다.

「지관의 소」는 일생 동안 그림 작업에 치열한 열정을 바쳐 산 지관(止觀)이라는 화가가 마지막 죽음에 앞서 이전의 모든 작품을 태워 없앤 대신 오래도록 오직 자신만이 그리고 싶어 했던 황소의 얼굴로 자기 소묘 한 점을 그려 남기고 간 이야기입니다. 그리고 「매잡이」는 오랫동안 소설거리 소재만 찾아다닐 뿐 정작에 작품은 쓰지 않다가, 마침내 옛 풍속으로 사라진 '매사냥' 이야기 한 편을 쓰고 죽어 간 불운한 소설가와 그 죽음의 수수께끼를 뒤좇아 또 한 편의 새 소설을 쓰게 된 동료 작가의 사연을 쓴 것입니다. 마지막 작품 「문턱」 역시 옛 동창생인 소설가를 위해 이런저런 세상 이야기를 모아다 주며 그 소재로 좋은 작품을 쓰기를 원하던 애호가 친구가 그 기이한 취미와 삶의 과정을 마치 자신의 소설을 쓰듯이 살고 간 이야기입니다.

이렇듯 예술 창작의 길은 한 작가에게 온 생애를 걸고서도 끝이 잘 안 보이거나 이룸이 매우 작은 지난한 세계일 수 있습니다. 하지만 그 성취 여부나 크기에 상관없이 그 길은 예술가들이 기울인 고뇌와 고통의 크기만큼 참되고 아름다우며, 우리에게 지극히 소중한 것일 수 있습니다. 우리는 그 작품들과 함께 우리 삶의 길을 모름지기 더욱 밝고 값 있게 넓혀 갈 수 있기 때문입니다.

2006년 1월
이청준

차례 선학동 나그네

선학동 나그네
남도 사람 · 3

　남도 땅 장흥에서도 버스는 다시 비좁은 해안 도로를 한 시간 남짓 내리달린 끝에, 늦가을 해가 설핏해진 저녁 무렵이 되어서야 종점지인 회진(會鎭)으로 들어섰다.

　차가 정류소에 멎어 서자 막판까지 넓은 차칸을 지키고 앉아 있던 일고여덟 명 손님이 서둘러 자리를 일어섰다. 젊은 운전기사 녀석은 그새 운전석 옆 비상구로 차를 빠져나가 머리와 옷자락에 뒤집어쓴 흙먼지를 길가에서 훌훌 털어 내고 있었다.

　사내는 맨 마지막으로 차에서 내려섰다. 차에서 내린 다른 손님들은 방금 완도 연락을 대기하고 있는 여객선의 뱃고동 소리에 발걸음들이 갑자기 바빠지고 있었다.

　사내는 발길을 서두르지 않았다.

그는 배를 탈 일이 없었다. 발길을 서두르는 대신 그는 이제 전혀 할 일이 없는 사람처럼 한동안 밀물이 차오르는 선창 쪽 바다만 바라보고 있었다. 하다간 뒤늦게 무슨 할 일이 떠오른 듯 눈에 들어오는 근처 약방으로 발길을 황급히 재촉해 들어갔다.

약방에서 사내는 이마에 저녁 별 조각을 받고 앉아 있는 젊은 아낙에게 박카스 한 병을 샀다. 거스름돈을 내주는 여자에게 그가 물었다.

"아주머니, 요즘 물때가 저녁 만조겠지요?"

"그러겠지라우. 보름을 지낸 지가 엊그제니께요. 지금도 하마* 물이 거의 차올랐을 텐디요?"

거스름을 내주며 묘하게 게으르고 건성스러워 들리는 사투리의 여자에게 사내가 다시 재우쳐 물었다.

"선학동 쪽에 하룻밤 묵어 갈 만한 곳이 있을까요? 옛날엔 그쪽 길목에 술도 팔고 밥도 먹여 주는 조그만 주막이 하나 있었던 걸로 알고 있습니다만⋯⋯."

여자는 그제서야 쉰 길을 거의 다 들어서고 있는 듯한 사내의 행색을 새삼 눈여겨보는 듯했다. 하지만 그녀는 어딘가 짙은 피곤기 같은 것이 어려 있는 사내의 표정과 허름한 몰골에 금세 흥미가 떨어지는 어조였다.

"손님도 아마 선학동이 첫길은 아니신가 본디, 그야 사람 사는

* 하마 : '벌써'의 방언.

동네에 하룻밤 길손 묵어 갈 곳이 없을랍디요. 동네로 건너가는 길목엔 아직 주막도 하나 남아 있고요…….”

사내는 박카스병을 열어 안엣것을 마시고 나서 곧 약국을 나왔다. 그러고는 이내 선창 거리를 빠져나가 선학동 쪽으로 늦은 발길을 재촉해 나서기 시작했다.

서쪽 산마루 위로 낙조가 아직 한 뼘쯤 남아 있었다.

“서둘러 가면 늦진 않겠군.”

사내는 혼자 중얼거리며 걸음걸이에 한층 속도를 주었다.

……이곳을 지난 것이 30년쯤 저쪽 일이던가. 그때 기억에 따르면 선학동까지는 이 회진포에서도 아직 10리 길은 족히 되고 남은 거리였다. 해안으로 그 10리 길을 모두 걸어 닿아야 할 필요는 없었다. 이쪽 길목에 아직 주막이 남아 있다면, 그 선학동을 물 건너로 바라볼 수 있는 주막까지만 닿으면 되었다. 하다못해 그 선학동 포구를 내려다볼 수 있는 돌고개 고빗길만 돌아서게 되어도 그만이었다.

하지만 해 안으론 어쨌거나 선학동을 보아야 했다. 선학동과 선학동을 감싸 안고 뻗어 내린 물 건너 산자락을, 그 선학동 산자락을 거울처럼 비춰 올릴 선학동 포구의 만조(滿潮)를 놓치지 말아야 했다.

사내는 갈수록 발길을 서둘러 댔다.

한동안 물깃*을 따라 돌던 해변길이 이윽고 산길로 변하였다.

선학동으로 넘어가는 돌고개 산길이 시작되고 있었다. 왼쪽으로 파란 회진포의 물길을 내려다보며 산길은 소나무 숲 무성한 산굽이를 한참이나 구불구불 돌아나가고 있었다.

솨— 솨—.

솔바람 소리가 제법 시원스럽게 어우러져 들었으나 갈 길이 조급한 사내의 이마에선 땀방울이 송글송글 돋아났다.

붕—.

왼쪽 눈 아래로 때마침 포구를 빠져나가는 완도행 여객선의 바쁜 뱃길이 그림처럼 내려다보였다. 사내는 그 여객선의 긴 뱃고동 소리에조차 공연히 마음이 쫓기는 심사였다. 그는 그 여객선과 시합이라도 벌이듯 허겁지겁 산길을 돌아들었다.

하지만 여객선의 속력과 사내의 걸음걸이는 처음부터 상대가 될 수 없었다. 배는 순식간에 포구를 빠져나가 넓은 남해 바다를 향해 까맣게 섬 기슭을 돌아서고 있었다.

사내도 이젠 거의 마지막 산굽이를 돌아들고 있었다. 선학동 쪽으로 길을 넘어설 돌고개 모롱이가 눈앞에 있었다.

사내는 새삼 표정이 긴장되기 시작했다. 산길이 제법 높아 그런지 저녁 해는 회진 쪽에서보다 아직 한 뼘 길이나 더 남아 있었다. 이제 마지막 산모롱이를 하나 올라서고 나면, 거기서 다시 오른쪽으로 길게 뻗어 들어간 선학동 포구의 긴 물길이 눈앞을 시원히

* 물깃 : 물가.

14

막아설 것이었다. 그리고 거기서 그는 보게 될 것이다. 장삼 자락을 길게 벌려 선학동을 싸안은 도승 형국의 관음봉(觀音峰)과 만조에 실려 완연히 모습 지어 오를 그 신비스런 선학(仙鶴)의 자태를. 그리고 또 재수가 좋으면 그는 어쩌면 듣게 될 것이었다. 그 도승이 품속 어디선가로부터 둥둥둥둥 포구를 울리며 물을 건너오는 산령(山靈)의 북소리를, 그리고 그 종적 모를 여자의 한스런 후일담을…….

사내는 억누를 수 없는 기대감 때문에 발걸음마저 차츰 더디어져 가고 있었다.

하지만 사내에겐 오래 망설여 댈 여유가 없었다. 그는 긴장한 자신을 달래기 위해 심호흡을 한 번 크게 내뱉고 나서는 이내 성큼성큼 마지막 산모롱이를 올라섰다.

순간―사내의 얼굴 표정이 크게 흔들렸다.

눈앞에 펼쳐진 풍광이 너무도 의외였다.

돌고개 너머론 또 한 줄기 바다가 선학동 앞까지 길게 뻗어 들어가 있어야 했다. 물이 있어야 할 곳에 물이 없었다. 바닷물은 언제부턴가 돌고개 기슭에서부터 출입이 끊겨 있었다. 돌고개 기슭과 관음봉의 오른쪽 산자락 끝을 건너 이은 제방이 포구의 물길을 끊어 버리고 있었다. 포구는 바닷물 대신 추수가 끝난 빈 들판으로 변해 있었다. 들판 건너편으로 옹기종기 집들이 모여 앉은 선학동의 모습이 아득히 떠올랐다. 비상학(飛翔鶴)의 모습은 자취

를 찾을 수가 없었다. 둥둥…… 관음봉 지심(地心)에서부터 물을
건너 울려온다던 그 산령의 북소리도 들려올 리 없었다. 변하지
않은 것은 다만 장삼 자락을 좌우로 길게 펼쳐 앉은 법승 형국의
관음봉뿐이었다. 그 기이한 관음봉의 자태도 포구에 물이 차올라
있을 때의 얘기였다. 마른 들판을 싸안은 관음봉은 전날과 같이
아늑하고 인자스런 지덕(地德)과 풍광을 깡그리 잃고 있었다. 그
것은 다만 들판을 둘러싸고 내려앉은 평범한 산줄기에 불과했다.

사내는 모든 기대가 한꺼번에 무너져 내린 듯 그 자리에 털썩
몸을 주저앉히고 말았다. 그러고는 이제 잃어버린 선학동의 옛 풍
정을 되새기듯 아쉬운 상념 속을 헤매 들기 시작했다.

선학동(仙鶴洞)—그곳엔 옛부터 기이한 이야기 한 가지가 전
해 오고 있었다. 이야기는 포구 안쪽에 자리 잡은 선학동의 뒷산
모습으로부터 연유한 것이었다. 그 산세가 영락없는 법승의 자태
를 닮고 있었기 때문이었다. 마을 뒤쪽으로 주봉을 이루고 있는
관음봉은 고깔처럼 뾰족하게 하늘로 치솟아 오른 모습이 영락없
는 법승의 머리통을 방불케 하였고, 그 정봉을 한참 내려와 좌우
로 길게 펼쳐 내려간 양쪽 산줄기는 앉아 있는 법승의 장삼 자락
을 형용하고 있었다. 선학동 마을은 이를테면 그 법승의 장삼 자
락에 안겨 든 형국이었다. 그런 데다 그 마을 앞 포구에 밀물이 차
오르면 관음봉 쪽 산심의 어디선가로부터 둥둥둥둥 법승이 북을

울려 대는 듯한 신기한 지령음(地靈音)이 물 건너 돌고개 일대까지 들려오곤 한다는 것이었다.

마을 터가 상서롭게 일컬어져 온 것은 말할 나위가 없었다.

그러나 마을 사람들에게 보다 더 관심이 가는 일은 선대들의 묏자리를 위해 관음봉 산자락 기운데서도 진짜 지령음이 솟아오르는 명당(明堂) 줄기를 찾는 일이었다. 마을엔 옛부터 그 지령음이 울려 나오는 곳에 진짜 명당이 숨어 있다는 말이 전해져 오는 데다, 사람들은 그 명당을 찾아 조상의 뼈를 묻음으로써 관음봉의 음덕(陰德)을 대대손손 누리고 싶어 했기 때문이다.

뿐더러 관음봉 산록에 명당이 있다 함은 이 마을을 선학동이라 부르게 된 데에도 또 하나 깊은 내력이 있었다. 산의 이름이 관음봉이라 한다면 마을 이름도 마땅히 관음리 정도가 되는 게 상례였다. 그러나 마을은 옛부터 이름이 선학동이라 하였다. 까닭인즉, 마을 앞 포구에 밀물이 차오르면 관음봉이 문득 한 마리 학으로 그 물 위를 날아오르기 때문이었다. 포구에 물이 들면 관음봉의 산 그림자가 거기에 떠올랐다. 그 물 위로 떠오르는 관음봉의 그림자가 영락없는 비상학의 형국을 자아냈다. 하늘로 치솟아 오른 고깔 모양의 주봉은 힘찬 비상을 시작하고 있는 학의 머리요, 길게 굽이쳐 내린 양쪽 산줄기는 그 날개의 형상이 완연했다.

포구에 물이 차오르면 관음봉은 그래 한 마리 학으로 물 위를 떠돌았다. 선학동은 그 날아오르는 학의 품 안에 안긴 마을인 셈이었다.

동네 이름이 선학동이라 불리게 된 연유였다. 그리고 그런 연유
로 관음봉의 명당은 더욱 굳게 믿어지고 있었다. 명당을 얻기 위
해 관음봉 일대에 묻힌 유골은 헤아려 낼 수도 없을 정도였다.

그러나 이제는 그 포구에 물길이 막혀 버리고 있었다. 관음봉의
그림자가 내려 비칠 곳이 없었다. 포구의 물이 말라 버림으로 하
여 이제는 더 이상 그 관음봉이 한 마리 선학으로 물 위를 날아오
를 수가 없게 된 것이었다.

관음봉은 이제 날개가 꺾여 주저앉은 새였다. 그것은 이제 꿈을
잃은 산이었다.

사방은 어느새 저녁 어스름이 짙게 젖어 들어오고 있었다. 어스
름이 내려 깔린 들판 건너로 관음봉의 무심스런 자태가 더욱 황량
스럽게 멀어져 갔다.

솨― 솨―.

솔바람 소리가 시시각각으로 짙은 어둠을 몰아왔다.

사내는 그제서야 자리에서 일어섰다. 그리고 비로소 생각이 난
듯이 뻗어 내려간 들판과 어둠 속으로 눈길을 천천히 훑어 내리기
시작했다.

이제 여자의 소식을 만날 희망 따윈 머리에서 깡그리 사라지고
없었다. 고을 모습이 너무도 많이 달라져 있었다. 선학동엔 이제
선학이 날지 않았다. 학이 없는 선학동을 여자가 일부러 지나쳤을

리 없었다.

하지만 이젠 날이 너무 어두워지고 있었다. 그리고 기왕 날을 잡아 나선 길이었다. 주막에서 하룻밤을 묵어 갈 수밖에 없었다.

약국 여자가 일러 준 대로 주막은 금세 찾아낼 수 있었다. 산길이 들판으로 뻗어 내려간 솔밭 기슭에 10여 가호 정도의 작은 마을이 하나 새로 생겨나 있었다. 포구를 막아 들판이 되면서 길목 따라 생겨난 마을인 듯했다.

사내는 휘청휘청 힘 없는 걸음걸이로 산길을 내려갔다. 주막은 마을 초입께에 마른 버섯처럼 낮게 쪼그려 붙어 앉아 있었다. 초가 지붕을 인 옛 그대로의 모습이 어슴푸레 기억 속에 되살아났다. 사내는 그 음습하고 쇠락한 주막집 사립문 안으로 무심히 들어섰다.

"주인장 계십니까."

사내의 인기척 소리에 어두운 부엌 쪽에서 이내 한 중년 연배의 아낙이 치맛자락에 물 묻은 손을 훔치며 나타났다.

얼핏 보아하니 기억이 전혀 떠오르지 않는 얼굴이었다. 주막집 주인이 바뀐 모양이었다. 하기야 그 무렵에 이미 쉰 고개를 훨씬 넘어서고 있던 주막집 노인이었다. 30년이면 강산이 변해도 세 번은 변했을 세월이었다. 그때의 노인이 아직 주막을 지키고 남아 있을 리 없었다.

"목 좀 축일 수 있겠소?"

그는 별 요량도 없이 아낙에게 말했다.

"약주를 드실라고요?"

아낙은 왠지 그리 달갑지 않은 어조로 그에게 되물어 왔다.

"그럽시다."

사내는 거의 건성으로 대꾸하고 나서 마루 위로 털썩 몸을 주저앉혔다.

"갖다 놓은 지가 며칠 돼서 술이 좀 안 좋을 것인디 그래도 괜찮겠소?"

아낙은 마치 술을 팔기 싫은 사람처럼 한 번 더 다짐을 주고 나서야 부엌 쪽으로 몸을 비켜 나갔다.

아낙의 태도는 웬일인지 늘상 그런 식이었다.

잠시 후, 아낙이 초라한 목판 위에다 김치 보시기 하나와 술 주전자를 얹어 내왔을 때 사내가 다시 아낙에게 말했다.

"어떻게 저녁 요기도 좀 함께 부탁드릴 수 있겠소?"

아낙은 이번에도 주막집 여편네답지 않게 심드렁한 소리로 되물어 왔다.

"왜, 이 골이 초행길이신게라우?"

"예, 초행길이나 다름없습니다. 그래 오늘 하룻밤을 여기서 아주 묵어 갔으면 싶소만……."

내친 김에 사내가 다시 밤까지 묵어 갈 뜻을 말했으나, 아낙은 역시 마음이 금방 내켜 오지 않는 표정으로 그의 눈치만 살피고 있었다.

"왜 묵고 가기가 어렵겠소?"

사내가 재차 묻고 들자 아낙은 그제서야 마지못한 듯 반허락을 해 왔다.

"글씨…… 요샌 밤을 묵어 가신 손님이 통 없어 뇌서요. 상 차림새도 마땅찮고 잠자리도 험할 것인디, 그래도 손님이 좋으시다면 할 수 없지라우."

사내는 그래도 상관이 없노라고 했다. 그리고 그게 돈 받고 남의 시중들어 주는 남도 사람들의 소박한 자존심이나 결벽성 때문이거니 여기며 그 역시 마음속에 크게 괘념을 않으려 했다.

"선학동 포구가 그새 모두 들판이 되었는데도 형편들은 그리 나아지질 못한 것 같군요."

사내는 기둥 하나 너머로 부엌일을 서둘러 대고 있는 아낙에게 망연스런 어조로 말하며 혼자 술잔을 비워 내기 시작했다. 그런데 그 소리가 인연이 되어 사내와 아낙 사이에 오간 몇 마디가 뜻밖의 인물을 불러 내고 있었다.

"글씨, 우리 같은 길갓집 살림이야 고을 인심에 기대 사는 처진디, 들농사가 는다고 그런 인심까지 함께 늘지는 않는갑습디다."

주막집 아낙은 사내가 말한 뒤 한 식경*이나 지나서 솔불 연기 사이로 구정물통을 한 손에 들고 서서 잠시 지난날의 주막 일을

* 식경 : 밥을 먹을 동안이라는 뜻으로, 잠깐 동안을 이르는 말.

푸념 섞어 들춰냈다.

"그야, 한 10여 년 전엔 포구 일 때문에 공사판 사람들이 줄을 서 가며 찾아들 때도 있긴 했지만, 그것도 그저 그 한때뿐 공사가 끝나고는 그만 아니었겠소."

"선학동에 학이 날지를 못하게 됐으니 그런가 보군요."

아낙의 푸념에 사내는 문득 들판 건너 어둠 속에 싸여 들고 있는 관음봉 쪽을 건너다보며 아직도 반혼잣말처럼 무심스레 말했다.

"선학동은 이제 이름뿐 아닙니까? 관음봉이 그림자를 드리울 물을 잃었으니 학이 이제는 날아오를 수가 없지요. 그래 학 마을에서 학이 날지를 못하게 됐으니 인심이 그렇게 말라든 거 아니겠소……."

그런데 그때.

"포구 물이 말랐다고 학이 아주 못 나는 것은 아니라오."

덜컹 하고 안방 문이 열리며 느닷없는 목소리가 튀어나왔다. 말 꼬리를 잇고 나서는 품이 여태까지 문 뒤에서 바깥 얘기를 귀담아 들어오고 있었음이 분명했다. 주인 사내쯤 되는 것 같았다.

그는 어느새 등불까지 켜 들고 인사말도 없이 불쑥 손에게로 다가왔다. 그러고는 다시 심상찮은 소리를 덧붙여 왔다.

"하기야 이 포구의 물길이 막힌 뒤로는 우리도 한동안 그리 생각을 했지요. 물이 마른 포구에 진짜로 관음봉이 그림자를 드리울 수는 없었으니께요. 하지만 요샌 사정이 다시 달라졌어요…….

노형은 보실 수가 없을지 모르지만 이 물도 없는 포구에 학이 다시 날기 시작했으니께요……."

주인 사내는 말을 하면서도 왠지 이쪽 표정을 무척이나 세심하게 살피고 있는 기미가 역력했다. 하더니 그는 마침내 어떤 확신이 서 오는 듯, 그레 어느 구석인가는 오히려 시치미 떼고 있는 듯한 어조로 손의 호기심을 돋우고 들었다.

"연전에 한 여자가 이 동넬 찾아들었지요. 그리고 그 여자가 지나간 다음부터 이 고을에 다시 학이 날기 시작했어요……. 헌디 손님도 아마 오래전부터 이 선학동의 비상학 얘길 알고 기셨던 모양이지요?"

…… 죽었던 학이 다시 날기 시작했다? 한 여자가 이 고을을 찾아들고 나서부터?

사내에게 비로소 어떤 질긴 예감이 움직여 오기 시작했다. 사내의 말투는 어딘지 이미 이쪽 맘속을 환히 꿰뚫고 있는 것만 같았다. 그리고 일부러 그의 궁금증을 충동질해 오고 있는 것 같았다. 하지만 그보다 사내가 긴장을 한 것은 그가 켜 들고 온 희미한 불빛 아래로 주인 사내의 얼굴을 보았을 때였다. 불빛에 드러난 사내의 얼굴엔 이미 초로의 피곤기 같은 것이 짙게 어려 들고 있었다. 하지만 그는 금세 그 사내의 불거진 광대뼈와 짙은 두 눈썹 모습에서 까맣게 잊고 있던 한 소년의 모습을 떠올리고 있었다.

그는 긴장감 때문에 가슴이 새삼 두근거려 오기 시작했다. 그리고 그런 경우에 늘상 그래 왔듯이 목소리를 잔뜩 낮추었다.

"그것참 듣던 중 희한한 얘기로군요. 아닌 게 아니라 나도 이 선학동 비상학 얘기는 오래전에 한 번 들은 일이 있었소마는. 그래 어떤 여자가 이 골을 다녀갔길래 가라앉아 버린 학을 다시 날아오르게 했단 말이오."

사내는 선학동을 찾은 것이 허사가 되지 않을 것 같았다.

주인은 손에게 너무도 많은 기대를 갖게 했다. 손은 주인에게 은근히 여자의 이야기를 졸라 댔다. 그는 여자가 선학동의 학을 다시 날아오르게 한 사연을 몹시도 듣고 싶어 하였다. 주인은 그러나 거기서부터는 왠지 이야기를 쉽게 털어놓으려 하질 않았다. 그는 손 앞에서 새삼 이야기의 서두를 망설이고 있었다.

"그거 뭐 노형한테는 상관이 되는 일도 아닐 텐디요……. 이따 저녁 요기나 끝내고 나시거든 심심파적*으로나 들려 드릴까……."

이야기를 잠시 피해 두고 싶은 듯 자리까지 훌쩍 비켜 버리는 것이었다.

그러나 손 쪽도 이제는 짐작이 있었다. 주인 사내는 손이 그토록 이야기를 듣고 싶어 하는 연유조차도 묻질 않았다. 그러나 그 주인 역시도 어딘지 이제는 손 앞에서 여자의 이야기를 털어놓고

*심심파적 : 심심풀이.

싶은 기미가 역력했다. 작자는 짐짓 손의 조바심을 돋우려는 게 분명했다.

사내의 짐작은 과연 옳았다.

주인 사내는 그새 어디 마을이라도 나간 듯 손이 그럭저럭 저녁 상을 물린 다음까지도 모습을 통 나타내지 않았다. 그래 혼자 술청 뒷방에서 막막한 예감에 부대끼던 사내가 참다못해 다시 앞마루로 나가 보니 작자가 또 어느새 소리도 없이 그곳에 돌아와 있었다. 뿐더러 그는 어느새 술상까지 마루로 내받고 있었는데, 그것도 여태 손이 나오기를 기다리고 있었던 듯 빈 술잔 한 개를 남겨 두고 있었다. 그리고 비로소 손이 나타나자 그는 이번에도 말이 없이 남은 술산을 다짜고짜 손 앞으로 채워 건넸다.

손도 말없이 주인 건너편 술상 앞으로 자리를 잡고 걸터앉았다.

보름 지난 달빛이 들판을 가득 내려 비추고 있었다. 등잔불도 없는 술자리가 달빛으로 밝기가 그만저만하였다.

손이 이윽고 술잔을 비워 내어 주인에게 건넸다. 그러자 주인도 자기 앞의 술잔을 손에게로 비워 건네며 제물에* 먼저 입을 열어 오기 시작했다.

"그러니께 지금서부터 한 30년 전 내가 이 집에서 술 심부름을 하고 지내던 시절이었지요⋯⋯."

주인은 이제 앞뒤 사정을 제쳐 놓고 단도직입적으로 어렸을 적

*제물에 : 저 혼자 스스로의 바람에.

이야기를 꺼내고 있었다. 손으로선 다소 갑작스런 이야기가 아닐
수 없었다. 주인이 거두절미 어렸을 적 애기를 꺼낸 것처럼 손 쪽
도 뭔가 이미 예상을 하고 있었던 듯 표정이 그리 설어 보이지 않
았다.

"어느 해 가을이던가. 이 집에 참 빼어난 남도 소리꾼 부녀가 찾
아든 일이 있었어요. 머리가 반백이 다 되어 간 늙은 아비하고 이
제 열 살이 넘었을까 말까 한 어린 계집아이 부녀였는디, 철모를
적에 들은 기억이지만, 양쪽이 모두 명창으로다 소리가 좋았지
요……."

주인은 제법 소중스레 간직해 온 이야기를 털어놓듯 목소리가
차츰 낮게 가라앉아 가고 있었다. 주인의 이야기에 말없이 귀를
기울이고 있는 손의 표정도 그럴수록 조급하게 쫓겨 대고 있었다.
주인은 그 손이 뭔가 자신의 예감에 부대끼고 있는 기미는 아랑곳
도 않은 채 혼자서 이야기를 이어 갔다.

"소리는 주로 아비 되는 노인 쪽이 많이 하고 딸아이에겐 아직
소리를 가르치기 겸해 어쩌다 한 번씩밖에 시키는 일이 없었지만
서도, 우리가 듣기엔 그 딸아이의 목청도 노인에 진배없이 깊고
도도했지요. 그 부녀가 온 뒤로 주막은 날마다 소리 즐기는 사람
들 발길이 끊일 날이 없었어요. 헌디 노인은 선학동 사람들이 소
리를 들으러 이 주막으로 물을 건너오게 했을 뿐 당신이 소리를
하러 주막을 떠나는 일은 한 번도 없었어요. 언제고 이 주막에 앉

아서 소리를 했지요. 연고를 알고 보니 노인은 그때 이 주막에 앉아 소리를 하면서 선학동 비상학을 즐기셨던 거드구만요. 포구에 물이 차오르고 선학동 뒷산 관음봉이 물을 타고 한 마리 비상학으로 모습을 떠올리기 시작할 때면, 노인은 들어주는 사람이 있거나 없거나 그 비상학을 벗 삼아 혼자 소리를 시작하곤 했어요. 해 질녘 포구에 물이 차오르고 부녀가 그 비상학과 더불어 소리를 시작하면 선학이 소리를 불러낸 것인지 소리가 선학을 날게 한 것인지 분간을 짓기가 어려울 지경이었지요. 헌디 그렇게 한 서너 달쯤 지났을까요. 노인넨 그동안 맘속으로 깊이 목적한 일이 따로 있었던 거드구만요. 무어라 할까…… 노인넨 그냥 비상학을 상대로 소리만 즐긴 게 아니라 어린 딸아이의 소리에 선학이 떠오르는 이 포구의 풍정을 심어 주려 했다고나 할까……. 하여튼지 한 서너 달 그렇게 소리를 하고 나니 노인네 뜻이 그새 어느 만큼은 채워졌던가 봅디다. 계집아이의 소리가 처음 주막을 찾아들었을 때보다도 훨씬 더 도도하고 장중스러워지는구나 싶었을 때였어요. 부녀가 홀연 주막을 떠나가고 말았어요. 그러곤 영 소식이 없었지요…….”

주인은 거기서 목이 맺히는 듯 다시 술잔을 비워 손에게로 건넸다. 손은 말없이 그 술잔을 받아 놓음으로써 주인의 다음 이야기를 재촉했다.

주인이 다시 이야기를 계속했다.

"그 뒤로 이 선학동엔 부녀의 소리를 잊지 못해하는 사람들이 많았지요. 기약도 없이 떠나가 버린 부녀가 다시 한번 이 고을을 찾아 주기를 기다리는 사람도 많았고요. 하여간에 그 부녀의 소리는 두고두고 이 고을 사람들 입에 오르내리는 이야깃거리로 남게 되었어요. 하지만 부녀는 다시 마을을 찾아온 일이 없었고 그럭저럭하다 보니 이 선학동 사람들도 종당엔 부녀의 일을 차츰 잊어가기 시작했지요. 그리고 이 산 밑 포구가 마른 들판으로 변해 가고 관음봉이 다시 학이 되어 물 위를 날 수가 없게 된 담부터선 그 부녀의 이야기도 영영 사람들 머리에서 잊혀지고 말았어요. 헌디 아마 이태 전 봄이었을 거외다……. 그러니께 그때만 해도 벌써 포구가 맥힌 지 7, 8년이 지난 뒤라 소리꾼 부녀는 물론 비상학의 기억까지도 까맣게들 잊고 지내던 참이었는디, 어느 날 느닷없이 여자가 여겔 다시 왔어요……."

주인은 거기서 다시 말을 멈추고 손 쪽을 이윽히 건너다보았다.

이야기는 이제 바야흐로 제 줄기로 접어 들어가고 있었다. 손 쪽에서도 이젠 더 이상 조용히 예감을 견디고만 있기가 어려워진 것 같았다.

"여자라니요? 그때 그 소리를 하던 노인의 딸아이가 말이오?"

손이 자기 앞에 밀린 술잔을 하나 재빨리 비워 내어 주인 쪽으로 건네며 물었다.

"그 여자가 아니라면 누구겠소."

주인은 손의 참견을 가볍게 나무라고 나서 다시 이야기를 계속
해 나갔다.

"그새 많이 장성을 하였더구만요. 아니 장성을 했다기보다는
소리에 세월이 많이 배어들었어요. 소리를 배워 준 옛날 노인네도
오래전에 벌써 여읜 뒤였고. 허지만 난 금방 여잘 알아봤지요. 여
자 쪽도 물론 이쪽을 쉬 알아봐 줬고요……."

"무슨 일로 여자가 다시 이 고을을 찾아들었소?"

손이 다시 참을성 없이 끼어들었다. 하지만 주인은 이제 그러는
사내를 굳이 허물하고 싶은 기색이 아니었다.

"그야 우선은 옛날 선학동의 비상학을 한번 더 찾아보고 싶어
서였겠지요. 허지만 여자는 이 선학동 학이나 소리하는 것 말고도
진짜 치러야 할 일거리를 한 가지 지니고 왔었소……."

주인은 간단히 손의 궁금증을 무지르듯* 말하고 다음 이야기를
이으려 하였다.

그런데 그때 손이 또 한번 주인의 말줄기를 끊고 들었다.

"치러야 할 일거리라뇨? 그 여자가 무슨 일거릴 가지고 왔었
소?"

예감에 부대껴 대다 못한 참견이었다.

주인은 이제 손의 참견을 아예 무시를 해 버리려는 눈치였다.
그는 이제 손 쪽에서 무얼 물어 오고 무얼 조급해하든 짐짓 아랑

* 무지르듯 : 말을 중간에서 끊듯.

곳을 않으려는 어조로, 또는 누구에겐가 그걸 전하기 위해 오랜 세월을 기다려 온 사람처럼 다소간은 무겁고 조급한 어조로 혼자 이야기를 계속해 나갔다.

여자에 관한 그 주인의 이야기는 대강 이런 것이었다.

여자는 옛날의 아비 대신 웬 초로(初老)의 남정 한 사람과 늦은 저녁 길로 주막을 찾아왔다. 그때 그 초로의 남정은 여자의 소리 장단통 하나와 매동거지*가 제법 얌전한 나무 궤짝 하나를 등에 지고 왔는데, 그 나무 궤짝은 다름 아닌 여자의 옛날 아비의 유골을 모신 관구였다.

여자는 옛날 소리를 하고 떠돌다가 보성 고을 어디선가 숨이 걷혀 묻힌 아비의 유골을 20여 년 만에 다시 선학동으로 수습해 온 것이었다. 그것은 물론 이 선학동 산하에 당신의 유골을 묻어 드리기 위해서였는데 그게 당신의 유언인 듯싶었고, 여자로서도 그게 오랜 소망이 되어 왔다는 것이었다.

그러나 선학동은 원래부터 명당이 숨어 있는 곳으로 소문이 나 있는 곳이었다. 선학동 산지엔 이미 다른 유골을 묻을 곳이 없었다. 묏자리를 잡을 만한 곳은 이미 모두 자리가 잡혔고, 설사 아직 그런 곳이 남아 있다 하여도 임자 없는 땅이 있을 리 없었다. 암장*이나 도장*이 아니고는 여자는 이내 일을 치를 수가 없었다. 마을

---

*매동거지 : 뭉쳐 싼 모양.
*암장 : 남몰래 장사를 지냄.

엔 이제 여자의 소리와 비상학의 기억을 지니고 있는 사람이 많지 않았다. 여자의 소문을 들은 마을 사람들은 은근히 자기네 산 단속들을 서두르고 나섰다. 암장이나 도장조차도 섣불리 엄두를 낼 수가 없었다.

하지만 여자는 서두르지 않았다. 일을 서두르거나 초조해하는 빛이 조금도 없었다. 여자는 그저 소리만 하면서 날을 보냈다. 해가 설핏해지면 여자의 소리가 주막 일대의 어둠을 흔들었다.

함평천지 늙은 몸이……

여자가 소리를 하고 초로의 남정이 장단을 잡았다. 나이 든 여자의 도도한 목청은 차츰 선학동 사람들을 주막까지 건너오게 하였고, 그 소리는 날이 갈수록 다시 듣는 사람의 애간장을 들끓어 오르게 만들곤 하였다.

여자의 소리가 한 며칠 그렇게 계속되자 선학동 사람들에게 이상스런 일이 일어나기 시작했다. 선학동 사람들 중엔 누구도 아직 여자의 아비에게 땅을 내주려는 사람이 없었다. 하지만 여자의 소리를 들은 사람들은 그녀의 아비가 언젠가는 그곳에 땅을 얻어 묻히게 되리라는 것을 알았다. 그리고 그걸 지극히도 당연한 일처럼 생각했다. 그게 누구네 산이 될지도 몰랐고 어떤 식으로 그렇게

* 도장: 남의 산이나 묏자리에 몰래 자기 집안의 묘를 쓰는 일.

일이 되어 갈지도 몰랐지만 어쨌거나 사람들은 여자의 소리를 듣고 막연히 그런 생각들을 하고 있었다.

주막집 사내는 더더구나 그랬다. 그는 누구보다도 여자의 소리에서 깊은 암시를 겪어 내고 있었다. 그리고 그것이 무엇인지를 스스로 분명히 느끼고 있었다. 그는 다만 때가 오기를 기다렸다. 그리고 어느 날 마침내 그때가 다가왔다.

쑥대머리 귀신형용

적막옥방 홀로 앉아

어느 날 밤—그날사 말고 여자는 유난히 힘을 들여 소리를 하였다. 그리고 자정이 넘어서야 여자는 간신히 소리를 그쳤고, 선학동 사람들도 들판을 건너갔다.

마을 사람들이 모두 잠자리를 찾아 들판을 건너간 다음 여자가 마침내 주막을 나섰다. 초로의 남정에게 아비의 유골을 지워 밤길을 앞세우고서였다. 그리고 그것으로 여자는 그만 다시는 주막으로 돌아오지 않았다.

어디엔가 아비의 유골을 암장하고 그 길로 선학동을 떠나가 버린 것이었다.

"헌디 괴이한 것은 여자가 떠나간 뒤의 이 선학동 사람들이었어요."

주인은 이제 그쯤에서 이야기를 거의 끝내 가고 있는 것 같았다. 그는 이제 마을 사람들의 괴이한 태도로 이야기의 마무리를 지어 나가고 있었다.

　"하룻밤 사이에 여자가 갑자기 동넬 떠나가 버렸는디도 그 여자의 일에 대해선 아무것도 시로 묻는 법이 없어서든요. 언젠가는 여자가 으레 그런 식으로 떠나갈 줄 알고 있었던 듯이 말이오. 일테면 사람들은 여자가 어떻게 마을을 떠나간 긴지 사연을 모두 짐작한 거지요. 그리고 그 편이 외려 다행스런 일이란 듯이 일부러 입들을 다물어 준 거라오. 하니까 여자가 그날 밤 그런 식으로 아비의 유골을 숨겨 묻고 간 지가 수년이 지난 지금까지 아무에게도 그곳이 알려지질 않았지요. 글씨, 어떤 사람들은 혹 그곳을 알고 있는지도 모를 일이기는 하지만, 알고 있거나 모르고 있거나 도대체가 그 일에 대해선 말들이 없거든요……."

　주인은 그쯤 이야기를 끝내고 나서 손의 기색을 살피기 시작했다.

　손은 이제 입을 다물어 버리고 있었다.

　주인도 손도 거기서 한동안 서로 말이 없었다. 뒷산 솔밭을 스쳐 가는 바람 소리마저 어느새 고즈넉이 잦아들고 있었다. 술주전자도 이젠 바닥이 나 있었다. 한데도 주인에겐 아직 해야 할 이야기가 남아 있었던 것일까. 그는 빈 주전자를 들고 말없이 자리를 일어서서 부엌으로 나가 새로 술을 하나 가득 담아 왔다. 그러고는 손과 자신의 술잔을 채우고 나서 가만히 손 쪽의 표정을 살펴고 있었다. 이번에는 뭔가 손 쪽에서 입을 열어 올 차례라는 듯 그를 기다리는 기미가 역력했다.

손의 침묵은 의외로 완강했다.

그는 여전히 혼자 생각에만 골몰하고 있었다. 이제는 어떻게 피해 나갈 수가 없는 자신의 예감에 입술이 오히려 굳어 붙고 있었다.

하지만 그는 결국 주인의 침묵을 이겨 낼 수가 없었다.

"그 여자 아마 앞을 못 보는 장님이 아니었소?"

말 없는 주인의 강요에 견디다 못해 손이 마침내 한숨을 토하듯 주인에게 물었다. 어딘지 이미 분명한 짐작을 지닌 말투였다. 아니 그는 으레 사실이 그러리라 스스로 확신해 버리고 있는 듯 주인의 대답조차도 기다리는 표정이 아니었다.

그러자 주인은 여태까지 손에게서 그 한마디를 듣기 위해 그토록 긴 이야기를 했었던 듯 조급한 어조로 시인해 왔다.

"아, 그랬지요. 내가 여태 그걸 말하지 않고 있었던가. 그 여잔 앞을 못 보는 장님이었다오. 그래 그 노인이 여자의 앞을 인도하고 다니면서 손발 노릇을 대신해 줬지요."

그러나 그 주인의 어조에는 아직도 어딘지 시치밀 떼고 있는 구석이 있는 것 같았다. 그는, 손이 말도 듣기 전에 여자가 어떻게 장님인 줄을 알고 있었는지도 묻질 않았다. 그것은 주인 쪽도 손이 그러리라는 걸 미리 알고 있었거나 아니면 짐짓 그렇게 모른 척해 넘기고 있음이 분명했다.

손 쪽도 주인의 그런 태도엔 새삼 이상스러워지는 느낌이 없는 것 같았다.

말이 오가는 게 오히려 부질없는 노릇 같았다. 두 사람은 다시 내밀한 침묵으로 할 말을 모두 대신하고 있었다. 그러나 이윽고 손 쪽이 먼저 자탄을 해 왔다.

"부질없는 일이오. 부질없는 일이에요. 선학동엔 이제 학이 날 질 못하는데, 그 학 없는 선학동에 여자가 아비의 유골을 묻고 간 것이 무슨 소용이 닿는 일이겠소."

손은 그저 그 몇 마디뿐 자탄의 소리가 안으로 잦아지듯 다시 입을 다물고 말았다.

하지만 주인은 이제 그것으로 모든 게 족한 모양이었다.

손은 아직도 여자와 자신의 인연에 대해선 분명한 말이 한마디도 없었다. 하지만 그는 이제 학이 날지 못하는 선학동에 아비의 유골을 묻고 간 여자의 일을 제 일처럼 못내 안타까워하고 있었다. 주인은 그것으로 모든 일이 분명해지고 있는 것 같았다. 그리고 그것으로 만족한 것 같았다.

그가 다시 입을 열기 시작했다.

"아니, 노형은 아까 내 얘길 잊었구만요. 여자가 한 일은 부질없는 것이 아니었다요. 여자가 간 뒤로 이 선학동엔 다시 학이 날기 시작했다니께요. 여자가 이 선학동에 다시 학을 날게 했어요. 포구 물이 막혀 버린 이 선학동에 아직도 학이 날고 있는 것을 본 사람이 그 눈이 먼 여자였으니 말이오……."

주인은 이번에야말로 선학동에 다시 학이 날게 된 사연을 이야기하기 시작했다.

'눈이 먼 여자가 누구보다 먼저 선학동의 학을 다시 보기 시작했다……'

그것은 어딘지 허황하고 기이한 이야기가 아닐 수 없었다. 하지만 그에게 그런 믿음이 있었기 때문일까. 그는 한번 이야기를 시작하자 이번에는 손 쪽의 기미는 아랑곳을 전혀 않으려는 식이었다. 손님 쪽이 어떻게 이야기를 듣고 있든 그는 필시 자기가 지녀 온 이야기들을 모두 털어놓고 말 결심을 한 사람처럼 혼자서 열심히 이야기를 이어 나갔다.

손은 다시 입을 다문 채 주인의 이야기에 귀를 기울였다.

주인의 이야기는 한마디로 그 여자가 자신의 노랫가락 속에 한 마리 학이 되어 간 이야기였다.

가지 마오 가지 마오
심낭자 가지 마오

여자는 날마다 소리만 하고 지내고 있었다.

한 며칠을 그렇게 지내다 보니, 여자는 그저 아무 때고 하고 싶은 소리를 하는 게 아니었다. 여자의 소리는 언제나 포구 밖 바다에 밀물이 들어오는 때를 맞추고 있었다. 그것도 마치 성한 눈을 지닌 사람이 바닷물이 차오르는 포구를 내려다보는 듯한 눈길로 반드시 마루께로 자리를 나앉아 잡고서였다.

어느 날 해 진 녘의 일이었다. 사내가 잠시 마을을 건너갔다 돌아와 보니 이날도 또 여자와 노인이 소리 채비를 하고 앞마루께로 나앉아 있었다. 주인 사내는 눈먼 여자의 주의를 흐트리지 않으려고 무심결에 발소리를 죽이며 사립 밖에서 잠시 두 사람의 동정을 기다리고 있었다.

그런데 사내는 거기서 차츰 괴이한 생각이 들기 시작했다. 여자에게선 이내 소리가 시작되어 나오질 않았다. 여자와 노인 사이에선 한동안 사내가 알아들을 수 없는 기이한 문답만 오가고 있었다. 문답은 주로 여자가 묻는 쪽이었고, 노인은 그걸 듣고 따르는 쪽이었다.

"오늘은 음력 초이틀이지요?"

여자가 무엇엔가 열심히 귀를 기울이며 노인에게 물었다.

"아마, 그렇제."

노인이 여자의 얼굴을 들여다보며 다소간 방심스레 대답했다. 그러자 여자가 가만히 고개를 끄덕이며 혼잣말처럼 말했다.

"그새 벌써 물이 많이 차올랐어요. 물이 차오르는 소리가 귀에 들려요."

그러고 나서 여자는 반 마장이나 떨어진 방둑 너머 바닷물 소리
가 귀에 들려오고 있는 듯 한동안 더 주의를 모으고 있었다.

　사내가 따져 보니 아닌 게 아니라 물때가 거진 만조 무렵에 가
까워지고 있었다. 옛날 같으면 포구 안으로 밀물이 가득 차올라
올 때였다. 하지만 포구는 사라지고 없었다. 바닷물은 오래전에
이미 방둑 너머에서 출입이 막혀 버린 터였다. 한데도 여자의 귀
는 그 밀물 올라오는 소리를 듣고 있는 모양이었다. 그리고 이젠
여자에게서처럼 자신의 귀에도 그 물소리가 들려오는 듯 지그시
눈을 내리감고 있는 노인에게까지 그걸 자꾸 일깨워 주고 있었다.

　"어르신 귀에도 이제 소리가 들리시오? 물이 밀려드는 저 소리
가 말씀이오."

　"그래 내게도 들리는 듯싶네."

　여자를 달래는 듯한 노인의 대꾸. 하지만 주인 사내가 정작에
놀란 것은 여자의 다음 물음이었다.

　"물소리가 들리시면 어르신도 그럼 그 물 위를 나는 학을 보실
수가 있겠구만요."

　여자는 노인에게 묻고 나서 방금 자기 눈앞에서 날개를 펴고 떠
오르는 학을 굽어보고 있기라도 하듯 머릿속 정경을 그려 보이고
있었다.

　"포구에 물이 가득 차오르면 건너편 관음봉이 물 위로 내려와
서 한 마리 학으로 날아오르질 않겠소. 어르신도 그걸 볼 수 있으

시겠소?"

"그래 인제는 나도 보이는 듯싶네. 이 포구에 물이 차오르고 건너편 산이 그 물속에서 완연한 학으로 떠오르는 듯싶으네……."

노인은 한사코 여자의 뜻을 따라 자신의 눈과 귀를 순종시키고 싶어 하는 대답이었다.

그러자 여자는 정작으로 그 비상학을 좇듯이 보이지도 않는 눈길로 벌판 쪽을 한참이나 더듬어 대고 있었다. 그러다 그녀는 비로소 채비가 제법 만족스러워진 노인 쪽을 돌아보며 비탄조로 말했다.

"아배의 소리는 그러니께 그 시절에 늘 물 위를 날아오른 학과 함께 노닐었답니다."

주인 사내로선 갈수록 예사롭지 않은 소리들이었다. 눈 아래 들판엔 이제 물도 없고 산 그림자도 없었다. 게다가 여자는 어렸을 적 그 아비의 소망처럼 그 물이나 산 그림자의 형용을 깊이 눈여겨보았을 리 없었다. 하지만 여자는 이제 눈을 못 보기 때문에 오히려 성한 사람이 볼 수 없는 물과 산그림자를 보고 있는지도 몰랐다. 두 눈이 성해 있는 사람이라면 그 말라붙은 들판에서 있지도 않은 물과 산 그림자를 볼 리가 없었다. 있지도 않은 물과 산 그림자를 본 것은 그녀가 오히려 앞을 못 보는 맹인이기 때문이었다.

사내의 그런 상상은 차츰 어떤 불가사의한 믿음으로 변해 갔다.

망망창해에 탕탕(蕩蕩)한 물결이라

백빈주 갈매기는 홍요안에 날아 들고……

여자가 마침내 소리를 시작하고 있었다. 그런데 사내는 그 여자의 오장이 끓어오르는 듯한 목소리 속에 문득 자신도 그것을 본 것이다. 사립에 기대어 눈을 감고 가만히 여자의 소리를 듣고 있자니 사내의 머릿속에서 오랫동안 잊혀져 온 옛날의 그 비상학이 서서히 날개를 펴고 날아오르기 시작한 것이다. 그리고 여자의 소리가 길게 이어져 나갈수록 선학동은 다시 옛날의 포구로 바닷물이 차오르고 한 마리 선학이 그곳을 끝없이 노닐기 시작했다.

그런 일이 있은 후로 사내는 여자의 학을 믿지 않을 수 없었다.

여자는 날마다 밀물 때를 잡아서 소리를 하였다. 그 소리는 언제나 이 선학동을 옛날의 포구 마을로 변하게 하였고, 그 포구에 다시 선학이 유유히 날아오르게 하였다.

그리고 그러다 여자는 어느 날 밤 문득 선학동을 떠나갔다.

하지만 사내는 여자가 그렇게 선학동을 떠나가고 나서도 그녀의 소리가 여전히 귓전을 맴돌고 있었다. 그 소리가 귓전을 울려올 때마다 선학동은 다시 포구가 되었고, 그녀의 소리는 한 마리 선학과 함께 물 위를 노닐었다. 아니 이제는 그 소리가 아니라 여자 자신이 한 마리 학이 되어 선학동 포구 물 위를 끝없이 노닐었다.

그래 사내는 이따금 말했다.

"여자는 어디로 떠나간 것이 아니여. 그 여자는 이 선학동의 학이 되어 버린 거여. 학이 되어서 언제까지나 이 고을 하늘을 떠돈단 말이여."

여자가 그토록 갑자기 마을을 떠나가 버린 데 대한 아쉬움 때문이었음까. 주막집 이웃들이나 벌판 건너 선학동 사람들마저 사내의 그런 소리엔 그리 허물을 해 오는 눈치가 없었다. 선학동 사람들은 여자가 모셔 온 아비의 유골을 모른 체해 주듯 여자가 그렇게 주막을 떠나가고 나서도 그녀의 사연이나 간 곳을 굳이 묻고 드는 일이 없었다. 뿐더러 주막집 사내가 이따금 그렇게 앞도 뒤도 없는 소리를 지껄여 대도 그러는 사내를 탓하려 들기는커녕 오히려 그와 어떤 믿음을 같이하고 싶은 진중한 얼굴들이 되곤 하였다.

손은 이제 완전히 녹초가 되어 버린 표정이었다. 이따금 손을 가져가던 술잔마저 이제는 전혀 마음에 없는 모양이었다.

이야기를 끝내고 난 주인 쪽 역시 마찬가지였다. 가슴속에 지녀 온 이야기들을 손 앞에 모두 털어놓은 것만으로 주인은 이제 자기 할 일을 다해 버린 사람 같았다. 손이 뭐라고 대꾸를 해 오든 안 해 오든 그로서는 전혀 괘념을 할 일이 아니라는 태도였다.

주인은 완전히 손의 반응을 무시하고 있었다. 뒷산 고개를 넘어오는 솔바람 소리가 아직도 이따금 두 사람의 귓전을 멀리 스쳐 가고 있었다. 그 솔바람 소리에 멀리 둑 너머 바닷물 소리가 섞이는 듯하였다.

침묵을 견디지 못한 건 이번에도 결국 손 쪽이 먼저였다.

"주인장 이야긴 고맙게 들었소."

이윽고 손이 먼저 주인에게 말하기 시작했다. 그의 어조는 이제 아무것도 숨길 것이 없다는 듯 낮고 차분했다.

"하지만 아까 이야기 가운데서 주인장께선 일부러 사람을 하나 빠뜨려 놓고 있었지요."

주인이 달빛 속으로 손을 이윽히 건너다보았다.

손이 다시 말을 이었다.

"주인장 어렸을 적에 이 마을에 찾아들었다는 그 소리꾼 부녀의 이야기 말이오. 그때 그 어린 계집아이에겐 소리 장단을 잡아 주던 오라비가 하나 있었을 겝니다. 그런데 주인장께선 일부러 그 오라비의 이야길 빼놓고 있었지요."

추궁하듯 손이 주인의 얼굴을 마주 바라보았다. 주인도 이젠 더 사실을 숨길 것이 없다는 듯 고개를 두어 번 깊이 끄덕여 보였다.

"그렇지요. 난 그 오라비가 뒷날 늙은 아비와 어린 누이를 버리고 혼자 도망을 쳤다는 이야기까지도 여자에게 다 듣고 있었으니께요."

"그렇담 주인장은 그 오누이가 서로 아비의 피를 나누지 않은 남남 한가지 사이란 것도 알고 있었겠구만요. 그리고 그 어린 오라비가 부녀를 버리고 떠난 것은 차마 그 원망스런 의붓아비를 죽여 없앨 수가 없어서였다는 것도 말이오."

주인이 다시 고개를 무겁게 끄덕여 보였다. 그러자 손이 다시 물었다.

"한데 주인장은 아까 무엇 때문에 부러 그 오라비의 얘기를 빼고 있었소?"

"그야 노형도 그 오라빌 알 만한 사람이구나 싶었으니께요."

주인은 간단히 본심을 말했다. 그러고는 한마디 더 덧붙였다.

"노형이 처음 비상학 얘길 꺼냈을 때 난 벌써 눈치를 챘거든요."

"그렇다면 주인장께선 끝끝내 그 오라빌 모른 척하고 속일 참이었소?"

"아니 그럴 생각은 아니었지요. 난 외려 이 2, 3년 동안 늘 그 여자의 오라비란 사람을 기다려 온걸요. 언젠가는 결국 그 오라빌 만나서 이야기를 모두 전해 주리라……. 그래야 무언지 내 도리를 다할 듯싶었으니께요."

"그 오라비가 이곳을 찾아올 줄 미리 알고 있었단 말이오?"

"여자가 그렇게 말을 했지요. 혹 오라비 되는 사람이 여길 찾아와 소식을 물을지 모른다고……. 그 여잔 분명히 그걸 믿고 있는 것 같았지요."

"왜 처음부터 그 얘길 안 했소? 주인장께선 벌써 다 이런저런 사정을 속속들이 알고 있었으면서도 말이오."

"그건 그 여자의 부탁이 있었기 때문이랍니다. 그 여잔 오라비가 혹 이곳을 찾아오더라도 그 오라비가 자기 이야기를 물어 오기 전에는 절대 이쪽에서 먼저 입을 떼어 말하지 말라는 부탁이었지요. 오라비가 정 마음이 괴로워 원망을 못 이긴 듯싶어 보이기 전엔 말이외다……. 그래 난 그저 노형의 실토를 기다려 온 거지요."

주인은 거기서 잠시 말을 끊고 손의 기색을 살폈다.

손은 이제 다시 입을 굳게 다물고 있었다. 말없이 뜨락의 달빛만 내려다보고 앉아 있는 손의 얼굴에 새삼스런 회한의 기미가 사무치고 있었다.

주인은 그 손의 정한을 부추겨 올리듯 느린 목소리로 덧붙이고 있었다.

"허지만 이야기를 먼저 내놓지 말라던 것은 실상 여자가 남기고 싶었던 부탁이 아니었을 거외다. 여자는 그네의 오라버니가 여길 찾아올 줄도 알고 있었고, 이야기가 나올 줄도 알고 있었으니께요. 여자는 진짜 다른 부탁을 한 가지 남기고 갔다오. ……오라버니에게 더 이상 자기 종적을 알려고 하지 말아 달라고요. ……아깟번에 내가 그 여자는 학이 되어 지금도 이 포구 위를 떠돌고 있다고 말한 적이 있지요. 그건 실상 내가 생각해 내서 한 말이 아니랍니다. 그것도 그 여자가 처음 한 말이었다오. 오라비에게 나를 찾게 하지 마시오. 전 이제 이 선학동 하늘에 떠도는 한 마리 학으로 여기 그냥 남겠다 하시오……. 그게 그 여자가 내게 남긴 마지막 부탁이었소. 그리고 그 여잔 아닌 게 아니라 한 마리 학으로 하늘로 날아 올라간 듯 그날 밤 홀연 종적을 감춰 갔고 말이오…….”

이튿날 아침, 손은 조반상을 물리자 곧 길을 나설 채비를 하였다.

“그 어른의 묘소라도 한번 찾아가 보지 않고 바로 떠나시겠소?”

주인이 그 손에게 무심결인 듯 넌지시 물었다.

주인 아낙에게 인사를 고하며 신발을 꿰신으려다 말고 그 소리에 손이 주인을 돌아다보았다. 뭔가 은근히 추궁을 해 오는 듯한 손의 눈길에 주인은 그제서야 좀 서두르는 듯한 어조로 변명처럼 말했다.

“아, 그야 내가 아는 체하고 나설 일은 아니오만, 노형이 원한다면 그 어른의 묘소는 내가 가리켜 드릴 수 있어서 말이외다…….”

그러자 손은 이미 짐작하고 있었다는 듯 주인을 보고 뜻있는 웃음을 머금어 보였다.

“나도 알고 있었소. 간밤부터 나도 그걸 알고 있었어요. 눈이 먼 여자하고 노인네 둘이서는 워낙 힘이 들 일이었으니까요…….”

손은 그러나 곧 고개를 천천히 가로저어 버리며 쓸쓸한 얼굴로 말했다.

“하지만 그 뭐 다 부질없는 일이지요. 당신 생전에 지어 묻힌 한

인데 이제 와서 그런들 무슨 소용이 있겠어요. 이대로 그냥 떠나
고 말겠소⋯⋯."

말을 끝내고 나서 손은 이내 몸을 돌이켜 깨끗하게 쓸린 주막
마당을 걸어 나갔다. 주인도 더 이상 그것을 손에게 권하지 않았
다. 그는 말없이 손을 뒤따라 사립 앞까지 나왔다. 그러나 그는 아
직도 뭔가 미진한 것이 남아 있는 사람처럼 거기서도 쉽사리 손을
보내지 못했다.

"그래, 그 오라비는 그땔 마지막으로 누이를 다시 만날 수가 없
었소?"

그가 새삼 손에게 물었다.

"아니랍니다. 그 뒤로도 딱 한 번 제 누이를 만난 적이 있었답니
다. 한 두어 해 저쪽 일이었지요. 장흥읍 저쪽 어느 주막에서였답
니다⋯⋯."

손은 걸으면서 남의 말을 전하듯 느릿느릿 말했다.

"하지만 그때도 그 오라빈 끝내 자기가 오라비란 말을 못하고
말았답니다. 그 누이가 워낙 눈이 먼 여자였으니까요. 그리고 다
시 그곳을 찾았을 땐 종적을 알 수가 없게 됐어요."

주인 사내는 별 할 일도 없이 아직도 어정어정 손의 발길을 뒤
따르고 있었다.

손도 굳이 주인의 그 은근한 배웅의 발길을 막지 않았다.

늦가을 아침 햇살이 유난히도 맑았다. 고개를 넘어오는 솔바람

소리도 이날따라 유난히 가지런했다.

두 사람은 이윽고 솔밭 길을 들어서고 있었다. 들판과 관음봉이 한눈에 들어왔다.

손은 그제서야 걸음을 멈춰 섰다. 그러고는 뭔가 고개를 넘어서기 전에 주인이 마지막 말을 재촉하듯 말없이 그를 기다리고 있었다. 그러자 주인도 이윽고 그 손의 뜻을 알아차린 듯 마지막으로 물었다.

"그래, 노형은 아직도 그 누이의 종적을 찾아다닐 참이오?"

하지만 손은 이제 오히려 그런 주인을 안심이라도 시키듯 가만히 고개를 저어 보였다.

"아니오, 그도 뭐 이제는 다 부질없는 노릇 아니겠소. 하기야 이번 길도 꼭 그 여자 소식을 만나리라는 생각에서 나선 건 아니지만 말이오. 글쎄 어쩌다 마음에 기리는 일이 생기면 여기나 한 번 더 찾아오게 될는지……. 여기 선학동이라도 찾아와서 학의 넋이 되어 떠도는 그 여자 소리나 듣고 가고 싶소마는……."

그러고는 지금도 그 선학동 어디선가 여자의 노랫가락 소리가 들려오고 있는 듯, 그리고 그 노랫가락 속에 한 마리 학이 되어 물 위를 떠도는 여인의 모습을 보고 있기라도 하듯 눈길이 새삼 아득해지고 있었다.

솔바람 소리가 다시 한 차례 산봉우리를 멀리 넘어가고 있었다.

주인은 거기서 길을 돌아섰다.

그리고 손은 다시 솔밭 사이의 고갯길을 오르기 시작했다.

잠시 후—주인 사내가 사립을 들어섰을 때 손도 방금 돌고개 모롱이를 올라서고 있었다.

하지만 손은 이내 고개를 넘어가지 않았다. 주인은 손이 고개를 넘어가기를 사립 앞에서 기다리고 있었다. 모롱이를 올라선 손의 모습은 그러나 한 식경이 지나도록 사라질 줄을 몰랐다.

기다리다 못한 주인이 마침내 모롱이 쪽에서 먼저 눈길을 비켜 돌아서 버렸으나 고개 위의 사내는 한나절이 지나도록 그 모습 그 대로 주저앉아 있었다.

사내가 고개를 넘어간 것은 저녁나절 해도 거의 다 기울어 들 때쯤 해서였다.

손이 고개를 넘기를 기다리며 저녁나절 내내 사립 손질을 하고 있던 주인 사내가 어느 순간 아직도 작자의 모습이 그대로려니 싶 은 생각으로 고개 쪽을 바라보니, 그가 문득 모습을 거두고 없었 던 것이다.

손의 모습이 사라진 빈 고갯마루 위론 푸른 하늘만 무심히 비껴 흐르고 있었다.

그러자 사내는 문득 가슴이 저리도록 허망스런 느낌이 들었다.

그는 고개 위에 손이 모습을 남기고 있는 동안 하루 종일 그 고 개 쪽으로부터 어떤 소리가 귀에 쟁쟁하게 들려오고 있었던 것만 같았다. 그것은 옛날에 들은 그 여인의 노랫가락 소리 같기도 하였고, 어쩌면 사내 그자가 한나절 내내 그렇게 목청을 뽑아 내리고 있었던 것 같기도 하였다.

그런데 그 고개 위의 사내의 모습이 사라져 버리자 그의 귓가에서도 이제 소리가 문득 그쳐 버린 것이었다.

그는 마치 자신이 꿈을 꾸고 있는 것 같았다. 그가 정말로 하루 종일 그 소리를 듣고 있었는지 어쨌는지 분명한 분간을 해낼 수가 없었다.

그러나 그는 굳이 그런 걸 따지려 하지 않았다. 정말로 소릴 들었든지 말았든지 그런 건 굳이 상관하기가 싫었고 또 상관을 해야 할 필요도 없었다.

그리고 사내는 그때 그런 몽롱한 마음가짐 속에서 또 한 가지 기이한 광경을 보았다. 사내가 다시 눈을 들어 보았을 때, 길손의 모습이 사라지고 푸르름만 무심히 비껴 흐르는 고갯마루 위로 언제부턴가 백학 한 마리가 문득 날개를 펴고 솟아올라 빈 하늘을 하염없이 떠돌고 있었다.

이청준 문학 전집(연작 소설2) 「서편제」, 열림원, 1998.

지관의 소

1

……이 형? 나 이거 양정관이란 위인이오. 하두 오랜만이라 이
름자나 잊어버리지 않았는지 모르겠소. ……허허, 아직 잊지 않
으셨다아, 그거 고맙소. 헌데 근간에 내 전시회 안내 팸플릿 같은
거 받아 보신 일 있소? ……알겠소. 받아 보지 못했다면 오히려
다행이오. 애당초 맘에도 없는 일이었는데, 원했대도 할 수가 없
게 됐어요. 명색 오늘이 개막전 날인데 마침 한동네에 달갑잖은
잔치를 벌인 집이 있어서요. 최루탄 화염병에 이쪽 길이 몽땅 다
틀어 막혀 버렸어요. 덕분에 전시회고 뭐고 다 깽판이 난 거지요.
……나한텐 차라리 잘된 노릇이지 뭐요. 허허…… 그러니 행여
이 형도 이쪽엔 발걸음일랑 할 생각을 말아요. 어차피 팸플릿을
못 받으셨다면 그럴 예정도 없었겠지만…… 어쨌든 그리 아시고,
그럼 나 전화 끊어요. 기회 닿으면 또 소식 나누기로 하고…….

15년 가까이나 소식을 알 수 없던 지관 양정관(止觀 梁正觀) 화백으로부터 그런 갑작스럽고 두서없는 전화를 받은 것은 지금부터 2년여 전 1987년 초여름 어느 날 저녁 무렵의 일이었다.

　나는 전화를 끊고 나서도 선생이 정작 내게 무슨 말을 한 것인지, 얼핏 진의를 종잡을 수가 없었다. 선생 자신의 말 그대로 이름을 기억해 내기조차 수월치 않을 만큼한 세월이 흐른 데 반해, 그의 전화가 너무도 갑작스러웠던 데다, 그 투박하고 덤벙대는 성품마저 조금도 달라지질 못하고 있는 탓이었다. 뒤죽박죽으로 쏟아 댄 그의 말의 앞뒤를 추려 보면, 그가 모처럼 개인전을 가지면서 내게 미리 그 개막날을 알려 주려고 안내 팸플릿을 보냈는데, 한 동네 거리에 무슨 변고가 일어나 개막전을 망치게 되었노란 이야긴 모양이었다. 그런데 자기 작품전을 준비해 온 사람이 그 일이 애초부터 맘에 없었다는 건 무어고, 깽판이 난 게 오히려 잘된 노릇이라니? 그야 옛날에도 자기 그림 일을 늘 시답잖게 비하하여 개인전 같은 건 염두에도 없어 하던 양 화백이긴 했다. 그 대범스럽고 덜렁대는 성품에 자기 전시회 이야기라니 말이 그리 쉬울 수는 없었을 터였다. 그것도 그동안 소식 한번 없다가 갑자기 사람을 불러 대는 일이라니. 하지만 경위야 어찌 되었든 일단 작정을 하고 벌이고 나선 일인 데다 안내 팸플릿까지 다 띄워 보낸 마당이었다. 개막전 절차에 어떤 변고가 생겼다면 뒷단속부터 서두르고 나서는 게 당연했다. 그런데 아직 그 팸플릿조차도 못 받아 본 사람에게(그래 당연히 찾아갈 생각도 해본 일이 없는 사람에게), 무턱대고 전시장 발길부터 막고 나서는 경우라니, 그의 말을 그대로 곧이들어야 할지 어쩔지도 한동안 망설여지지 않을 수 없었다.

아니, 실상 이제는 그의 진의가 어느 쪽이 되었든, 그런 게 문제가 될 수는 없었다. 소식을 들은 이상엔 그가 원하건 원하지 않건 간에, 나로선 어차피 전시장엘 한 번쯤 가 봐야 할 처지였다.

하지만 그도 물론 쉬운 일이 아니었다. 안내 책자도 아직 도착하지 않은 데다 통화 중에 자세한 장소를 말한 일이 없어 전시장이 어딘지부터 알 수가 없었다. 전시장 길목이 최루탄과 화염병 잔치로 출입이 어렵게 된 사정 설명은 있었지만, 근간엔 곳곳에 화랑도 많았고 게다가 최루탄과 화염병 소동으로 길이 막히는 곳도 많아서 그게 어디쯤인지 짐작이 쉽지 않았다. 옛날 잡지 일로 함께 어울려 지내던 사람들도 그의 소식을 모르고 지내 오긴 마찬가지여서, 길을 찾아가자면 시중의 모든 화랑들에 전화를 걸어 보는 길밖에 없겠는데, 그건 보통 정성이 뻗치지 않고는 못해 낼 일이었다. 진의가 어느 쪽인지 분명치는 못했지만, 한마디로 병 주고 약 주는 식의 그의 지레 사양이 내 게으른 성미에다 그런저런 구실을 덧얹어 준 셈이었다. 그리고 나는 결국 그런 식으로 하루 이틀 일을 미루고 있다가 끝내 그 전시 기간을 넘기고 만 것이었다.

하지만 뒤미처 그런 사실이라도 알게 된 것은 사후에나마 그가 보냈다던 그 전시회 안내 팸플릿을 받아 볼 수 있게 된 덕이었다.

그러니까 내가 그 팸플릿을 받은 것은 정작 그 닷새간의 전시 기간을 넘기고도 이틀쯤이나 더 시일이 지나고 난 6월 25일께의 일이었다. 그것도 곡절이 어찌 된 것인지, 발송일이 전시회가 거의 끝나 가던 23일 자로 소인되어 있는 지각 우편물이었다. 나는 그 뒤늦은 팸플릿의 도착으로 해서야 전시회가 이미 끝나 버린 사실을 비롯하여 이런저런 앞뒤 사정들을 대충 짐작할 수 있게 된 것이었다.

팸플릿을 받아 보니 책자 뒷면에 적힌 그의 주소와 전화번호가 경기도 광주군의 한 촌락 마을께로 되어 있었다. 나는 그의 전시회 일로 인한 민망스러운 마음뿐 아니라, 서울 시내 학교에 교직을 갖고 있던 선생이 그새 한적한 시골 마을로 들어가 지내게 되기까지의 사정도 궁금하고 하여 그쪽 번호로 곧 전화를 걸었다. 하지만 이날도 선생은 어딘지 집을 나가고 없었고, 전화를 받은 것은 전에 한 번도 얼굴을 본 일이 없는(양 화백과의 술자리는 늘 바깥에서뿐이었고, 그는 유독 더 집안일 따위를 입에 올리는 일이 없었다) 그의 부인이었다. 부인은 옛날에 잡지 일을 함께한 인연과 양 화백이 한두 차례 내 소설의 삽화를 그려 준 일로 하여 예상보다 나를 잘 기억하고 있었다. 그리고 그만큼 첫 전화 통화에도 별 허물을 느끼지 않는 투였다.

"여기로 온 지가 10년이 훨씬 넘었어요. 서울 학교 일도 그만둔 지 오래고요. 그림을 좀 그려 보자고 저지르고 나선 일이었는데,

웬걸요…… 여기 와서도 그림 일보다는 술타령이 더 많았지요. 옛날 분들하곤 대개 소식을 끊고 지냈지만, 가까운 그림 동네 친지분 몇하고 이 동네 젊은 사람들하고였지요."

몇 마디 인사말 끝에 역시 대범스런 남자풍 목소리의 부인이 화백의 근황을 전해 온 말이었다. 알고 보니 그 전날의 전시회 일 역시도 선생의 성품이나 그날의 뒤죽박죽식 전화 통화 이상으로 엉망이 된 꼴이었다. 부인은 근래 새삼 선생의 그런 저조한 침체가 염려되어, 그림 일에 대한 의욕을 좀 부추겨 보려는 뜻으로, 그간에 이따금 손을 보아 던져 놓은 작품들을 정리하여 조촐한 개인전을 마련했었다 하였다. 선생은 물론 처음부터 고개를 내저었지만, 그러는 남편을 몇 번씩 설득한 끝에, 전시회를 위해 그가 새 그림을 그리지 않는다는 다짐과 그림 동네의 가까운 몇 사람 이외엔 전시회 소식이나 안내 책자를 만들어 돌리지 않는다는 조건으로 간신히 승낙을 얻어 낸 일이었다고. 승낙이 떨어진 뒤에도 선생은 계속 남의 일 보듯 관심이나 참견을 해 오는 일이 거의 없어, 부인이 혼자서 작품 표구도 맡기고, 그의 눈을 피해 가며 안내 책자까지 몇 부 만들어, 그런대로 작품전의 모양새를 갖췄 댔다.

"그런데 하필이면 전시회 개장 첫날 한동네서 그 민정당 후보 지명 대회 잔치가 벌어지질 않겠어요. ……그래요. 전시장이 민정당사 부근의 같은 안국동이었으니까요. 시위대와 전경들로 길이 막혀 버린 바람에 손 보탬을 하러 미리 와 있던 몇몇 사람 외에는 개전 예정 시간이 한참이나 지나도록 얼굴을 내민 사람이 하나도 없었지 뭐예요. 그야 지독한 최루탄 가스 때문에 미리 와 있던 사람들까지 문을 닫고 서둘러 회장을 철수해 나와야 할 판이었으니까요."

부인은 새삼 그날의 궂은 상황에 속이 상한 듯 흥분기로 목소리가 떨리고 있었다. 부인의 그런 아쉬운 푸념은 결국 한동네 잔치나 최루 가스 쪽보다도 남편 양 화백에 대한 원망으로 번져 가고 있었다.

"우리는 차라리 개막을 다음 날로 미루자고 하였지요. 그렇지만 이 양반이 어디 남의 말을 듣는 성밉니까. 정한 시간을 넘겼으면 그걸로 되었다는 거예요. 아니 그걸로 모른 척하고 넘어가 주기나 했으면 좋았게요. 이 양반 갑자기 무슨 망발이 솟는지, 팸플릿을 보내 드리려고 내가 미리 연락처를 구해 둔 친지분들 명단을 들춰 대며 한 분 한 분 전화질을 시작하는 거예요. 눈도 맵고 코도 매운 그 최루 가스 속에서…… 그날 이 선생님이 받으신 그런 전화 말예요. 연락처만 마련해 뒀을 뿐, 당신의 생각도 그렇고, 조심스러운 데도 있고 하여 몇몇 분밖에는 보내 드린 데가 없었는데, 아마 내가 당신 몰래 명단대로 책자를 모두 보낸 걸로 지레짐작을 한 거였지요. 내가 아무리 사정을 설명해도 곧이들을 생각은 아예 안 하구요. 그래 아마 이 선생님도 며칠 뒤에 팸플릿을 받아 보게 되셨을 테지만요. 당신이 그런 전화질을 해 버린 터이니 늦게라도 책자를 보내 드리긴 해야 하지 않았겠어요……."

그의 요령부득의 전화가 걸려 오게 된 경위하며, 엉망이 되어 버린 전시회 개막 정황, 그리고 팸플릿이 뒤늦게 도착하게 된 전후사가 그걸로 대강 다 밝혀진 셈이었다.

한데 그런저런 사연과 경위를 듣게 된 이상, 나는 그 진화민으로 선생에 대한 내 인사를 대신하고 말 수는 없었다. 전날에 가까이 지내 온 처지에 비해 그동안 서로 너무 적조해 온 터인 데다 모처럼의 개인전이 초장부터 그렇듯이 민망스럽게 된 지경에, 늦게라도 현장을 찾아가 보지 못한 나로서는 본인 부재중의 부인과의 전화 통화 정도론 그에 대한 인사가 모자란 때문이었다.

내가 새삼 부인에게 그의 칩거지 방문을 약속하고 오랜만에 그 곤지암께의 농가풍 화실까지 선생을 찾아 나서게 된 저간의 경위였다.

2

며칠 뒤 나는 그런 일에 마음이 넓은 오랜 벗 백야(白也) 형에게 차편을 부탁하여 그와 함께 광주(廣州)까지 그 양 화백의 숨은 거소를 찾아갔다. 가는 길에 차 속에서 일부러 길을 잡아 나서게 된 그간의 사정과 양 화백에 관한 일화 몇 가지를 귀띔받고 난 백야는 짐짓 좀 어이가 없어하는 얼굴로 나를 허물하고 들었다.

"그대도 참 어지간히 한가한 사람이구만. 그래, 장장 15년 동안

이나 소식을 끊고 지내 온 사람의 전시회 하나 못 가 봤다고 이렇게 꼭 먼 길에 뒷인사를 치르러 가야 하나? 가랑이 사이에서 요령 소리가 낭자하게 잇속을 쫓아다녀도 사람 구실이 어려운 시절에…… 그것도 때가 한참이나 지나간 일에다 바쁜 사람 차 울력*까지 시켜 가면서 말여!"

그건 물론 백야의 진심이 아니었다. 내가 하필 그 백야에게 동행을 청하게 된 데도 그만한 이유가 있었지만, 그는 실없는 농조와는 반대로 이런 일엔 누구보다 이해가 깊은 위인이었다. 하면서도 늘상 본심을 숨긴 채 허물없는 농기를 좋아할 뿐이었다. 그런 농기는 오히려 이번 일과 나에 대한 그 나름의 공감의 표시인 셈이었다. 그것은 잠시 뒤 위인이 자복하듯 한 번 더 덧붙여 온 소리에서도 충분히 읽을 수 있는 일이었다.

"이름이 정관(正觀)이고 아호가 지관(止觀)이라 했던가. 이름이나 아호는 차분할 것 같은데, 그 양반 그 먼 데까지 자넬 끌어들인 걸 보니 성품이 어지간히 파격적이긴 한 모양이구만. 자넨 늘 범상하고 상식적인 사람보다 어째 꼭 별스런 기벽이나 광기 같은 게 낀 위인들 쪽에 더 끌려온 터이니 말여."

역시 허물없는 농담투에다 자신의 진심을 얹고 있는 소리였다. 하지만 그것이 순전한 객담이든 다른 어떤 추궁기를 담고 있는 소리이든, 그의 지적은 정확히 내 정곡을 꿰뚫은 셈이었다.

*울력 : 여러 사람이 힘을 합하여 일함. 여기서는 차를 운전하는 수고.

이유야 어찌 됐든 끝내 전시장엘 가지 못한 자책감이나 뒤늦은 전화질로 민망스러움만 더한 끝에 그의 부인에게 방문을 약속한 것이 이번 나들이 길의 직접적인 동기인 것은 사실이었다. 하지만 백야 말마따나 이즘처럼 바쁘고 각박스런 세상에, 그것도 정작 본인에게선 방문이나 면대를 바라는 말 하마디 듣지 못한 마당에 그만한 이유들로 그런 번거로운 행보는 쉽지가 않은 일이었다. 그동안 내내 소식을 끊고 혼자 숨어 지내 온 것도 양 화백이었고, 장소도 알 수 없는 작품전엘 못 오게 길을 미리 막아선 것도 그쪽이었다. 선생은 애초 나와의 새삼스런 면대를 원치 않고 있을 수도 있었다. 내게는 그에 대한 어떤 책임이나 의무도 있을 수 없었다. 한데도 내가 굳이 그를 찾게 된 데는 분명히 다른 이유가 있었을 터였다. 그 양반 성품이 어지간히 파격적인 모양이라— 자넨 늘 별스런 기벽이나 광기가 낀 사람들 쪽에 끌려들길 잘하더라— 그 다른 이유는 양 화백에 대한 백야의 그런 거친 청취담과 주변 인물에 대한 나의 괴팍스런 선호를 꼬집는 소리 속에 적절한 해답이 들어 있었다. 양 화백은 과연 그럴듯한 언행에 기인풍과 광태가 완연한 인물이었고, 내가 굳이 그 번거로운 행보를 마련하고 나선 것도 그의 그런 질펀한 성품과 기질에 더 마음이 끌려선 게 사실이었다. 양 화백과 나와의 옛 어울림을 되돌아보아도 그 동기나 내용이 대개 그의 그런 분위기와 크게 상관이 있을 터였다.

내가 양 화백을 처음 만난 것은 1968년 가을 무렵 무교동 근처에서 뜻 맞는 몇 사람과 한 월간 잡지 창간 일을 진행하면서부터 였다. 그때 그 잡지의 문화면 쪽 일을 맡고 있던 나는, 삽화나 도안 일로 사무실을 자주 드나들던 화백과는 누구보다 일손을 같이하는 시간이 많았었다. 덕분에 나는 그 10년에 가까운 연배 차에도 불구하고 자연스레 그와의 술자리가 잦게 되었고, 그래 그 초장부터 그의 질펀한 성품에 적지 않은 매력과 호기심을 느끼기 시작한 것이었다.

양 화백은 우선 자신이나 세상에 대해 거의 격식을 따지지 않고 살아가는 사람이었다. 평소에도 늘상 술기가 돌고 있는 듯한 검붉은 안색에, 손빗질 정도로 대충 빗어 넘긴 더부룩한 머리 모습과 성긴 턱수염, 그리고 돋보기 너머로나 건너다보듯 하는 짓궂은 눈길에, 어딘지 늘 조급하고 메다꽂듯 퉁명스럽고 거친 말씨들이 화백이 그 시절 내 기억 속에 심어 놓은 대강의 풍모였다. 거기다가 그는 걸음걸이마저도 머리와 어깨를 앞으로 수굿이 기울인 채 출렁이듯 건들거리는 타조 걸음 형국이었다.

그렇듯 매사에 초탈스런 양 화백은 술자리의 풍모 또한 이만저만 호방하고 질펀스런 것이 아니었다. 그의 주풍은 흔히들 말하듯 청탁 불문에다 때와 장소를 가리는 일이 전혀 없었다. 아침저녁 아무 때나 혼자서 술기에 얼굴이 벌겋게 젖어 나타나는 일이 다반사인 데다, 누구와 동행으로 술을 함께하러 갈 때도, 상대방이 누구든지, 그 처지가 어떻든지 얼굴이나 경우를 아랑곳하지 않고 아무 데나 되는 대로 먼저 자리를 정해 들어앉아 버렸다. 그러고는 역시 주류의 청탁을 가리지 않고 무작정 질펀하게 취해 버렸다. 그럴 때의 그의 방만하고 거침없는 객담도 피아간의 체면이나 화재(話材)의 품격 같은 걸 염두에 두는 일이 없었다.

"내 양기 성의 뿌리 말이오? 긴째 기문의 성지기 민지도 모르는 별 볼일 없는 가짜 양씨 혈통이에요. 옛날 중국에서 벼슬아치들 말고삐에 매달려 조선 땅으로 들어온……."

그와 만난 뒤 첫 번 술자리에서 서로 간에 향산(鄕山)과 이력들을 건네다가 강원도의 한 시골로 드러난 그의 고향 고을과 양씨 가문과의 지연에 관한 이야기 끝에 그가 느닷없이 자조적인 어조로, 하면서도 어딘지 유쾌한 험담투로, 거침없이 털어놓는 자기 집안 이야기였다.

"조상님 중의 한 분이 중국 땅에서 어느 시절 말먹이 실력을 인정받아 그 동네 사신님들의 말고삐를 붙들고 조선 땅까지 따라오게 된 거지요. 헌데 이 양반 조선 땅엘 나와 보니 날씨도 따뜻하고 인심도 괜찮거든. 그래 생각이 달라진 모양입디다. 말고삐 붙들고 다시 중국으로 돌아가 봐야 어차피 별 볼일 없는 말 종놈 신셀 터에, 에라 그냥 이곳에 주저앉고 말자고 말이오. 하지만 그 양반 어떻게 한양 땅에 신분을 드러내고 살 수가 있었겠소. 그 길로 줄행랑을 놓아 강원도 첩첩산중으로 숨어 들어간 거예요. 그리고 거기서 되는 대로 척족이 드문 양가로 성을 갈고 지금까지 아들 낳고

딸 낳고…… 내가 바로 그 후손의 한 사람이오. 중국 하천민 출신 마부의 후손…… 허헛!"

사실인지 어떤진 알 수가 없었지만 첫 대면 격 술자리에서부터 그는 그렇듯 엉뚱스런 객담으로 주위의 심중을 파고든 것이었다. 그리고 그의 그런 거침없고 방만스럽기까지 한 기질은 시일이 지날수록 진가를 더해 갔다.

"이 형 이거 한번 이야기로 써 봐요. 조선 놈들이 일본 땅으로 건너가 조선 놈 오줌을 일본 놈들 눈병 약으로 팔아먹은 이야기인데 말이오……."

내가 소설 공부를 하는 처지인 걸 알게 된 화백은 이후부터 나와 술자리를 함께할 때마다 내게 그 소재를 제공한다는 명목으로 쉴 새 없이 새 기담(奇談) 유를 늘어놓곤 하였다. 6·25전란 때 배를 주린 고아들이 목숨을 걸고 미군 부대 보급창을 털어 낸 이야기 따위에서, 그런 필사의 얌생이질이 남대문 거리의 '딸기 시계' 시절을 거쳐 '유 바이' 도깨비 시장으로 발전하기까지의 어두운 사회사로. 스커트 아래로 거대 양물의 위세를 과시하기 위한 남근 자루가 매달린 팬티스타킹 식 남성 복식을 비롯한 중세 서양의 의상 풍속사에서 정치 풍자 만화의 창시자라 할 수 있는 프랑스 혁명기의 '환쟁이' 도미에(1808~1879)가 그 왕권 전횡 시절 황제를 골탕 먹인 예술적 지략과 용기에 이르기까지. 그리고 그의 만년의 유화와 수채화가 끝내 세인의 평가를 못 받은 채 절망 속에 혼자 비참하게 죽어 간 그 기구한 예술가의 운명담(運命談)까지— 그의 다양하고 해박한 견문은 동서고금 눈길이 미치지 않은 데가 없어 보일 정도였다.

그런데 양 화백은 무엇보다 그 본업이 화가인 만큼 그런 그의 분방하고 파괴적인 기질은 그의 그림들에서 더욱 역력히 드러났다. 술자리에서 흥이 날 때 그가 가끔 장난 삼아 상대방의 얼굴을 캐리커처 해줄 때나, 잡지사 일을 위해 정색한 얼굴로 그림 일을 할 때나 그는 중도에서 붓을 쉬는 일이 없이 단 한 번의 운필로 그림을 단번에 완성해 버렸다. 그의 손이 종이 위에 춤을 추듯 선묘(線描)의 회돌이를 치다 멈추면 그림이 어느새 끝나 있곤 했다. 그는 그만큼 대상의 일반성을 과감하게 생략하거나 무시해 버린 채 극도로 단순화된 사물의 형상 속에 그가 감응한 특정의 느낌만을 강조해 표현했다. 그래 자연히 그의 그림들에서는 그 분방한 선묘의 형태 속에 정사진과 스냅 사진의 대비에서와도 흡사한 충동적인 생동감 같은 것이 느껴지곤 하였다. 그의 그런 인간과 화풍의 진면목은 그의 본격적인 그림 작업이랄 수 있는 유화 작품들에 이르러선 더 말할 것이 없었다. 그것은 우선 그가 자기 그림의 소재로써 홍수와 농악 놀이, 황소 따위 몇 가지에 깊이 집착하고 있는 데서 쉽게 읽을 수 있는 일이었다.

그 무렵 언젠가 나는 술기를 핑계 삼아 떼를 쓰다시피 하여 청파동 근처 학교에 있는 그의 작업실을 잠깐 구경한 일이 있었는데, 창고처럼 어둡고 비좁은 화실 벽과 바닥에는 하나같이 어둡고 혼탁한 암갈색조의 그림들이 고물상처럼 아무렇게나 난장판을 이루고 있었다. 거의가 아직 다 마무리 손질이 끝나지 않은 미완성의 작품들로, 낭자한 가락 속에 정신없이 휘돌아 가는 농악 놀이 마당이나 태초의 혼돈과 여명을 담고 있는 듯한 우렁차고 거대한 홍수의 흐름, 그리고 무엇보다 대지를 향해 그 육중한 돌진을 감행하고 있는 억센 뿔과 하늘을 후려치듯 용틀임질 치고 있는 꼬리의 형상 속에 제 힘과 격정을 견디지 못하여 온몸으로 고통스런 몸부림을 토하고 있는 황소의 그림들이 어수선하게 한데 섞여, 마치 그 마지막 숙성과 출진의 날을 기다리는 옛 아기장수 설화의 밀벽 속처럼 웅성웅성 양 화백의 마지막 손길을 기다리고 있는 형국이었다.

한마디로 그것은 내게 하나의 힘차고 거대한 소용돌이 같은 것을 느끼게 하였다. 파괴와 창조를 함께 잉태한 창세기적 혼돈의 거대한 소용돌이. 그러나 아직은 개벽의 날을 더 참고 기다려야 하는 고통스런 몸부림과 격정의 소용돌이. 그 광포한 힘과 영혼의 소용돌이— 아니, 이후 나는 그의 그림뿐 아니라 화백 자신이나 그의 삶 자체가 하나의 커다란 용광로의 소용돌이처럼 느껴지기 시작했다.

그렇다. 술기운에 얼굴이 검붉게 충혈되어 숨을 식식거리며 까닭 없이 나를 노려볼 때의 화백이 때로 그 그림 속의 난폭스런 황소나 홍수처럼 느껴지듯 이제는 양 화백의 그림을 포함한 그의 삶 전체가 내겐 하나의 질펀하고 거대한 소용돌이의 굽이침으로 다가오기 시작한 것이다. 그러나 아직은 그의 그림들이 미완성으로 남아 기다리듯 그의 삶의 불길 또한 그 치열한 연소에도 불구하고 아직은 제 원활(遠活)한 출구를 잊지 못하고 요동지는 그 혼돈과 광기의 소용돌이…….

일테면 나는 그 양 화백의 세찬 영혼의 소용돌이 앞에 자신을 위태롭게 드러내고 선 격이었다. 그리고 그만큼 그의 삶의 흐름이 하루빨리 질서와 안정을 찾아서 힘차고 정연하게 흘러가게 되기를 소망했다.

하지만 화백은 끝내 그 자기 소용돌이를 잠재울 생각이 없었는지 모른다. 이후 한동안 어울림을 계속하면서도 나는 그가 자신의 그림들을 서둘러 마무리 지으려 하거나 일상사들을 규모 있게 다스려 나가려는 기미를 볼 수가 없었다. 그림들은 언제까지나 그런 식으로 내팽개쳐 두고 있는 눈치였고, 일상의 행신도 한결같이 방만스럽고 충동적인 그의 기질 그대로였다.

"제 얼굴 돼먹은 생김새대로 살아갈밖에. 나서부터 성정이 그리 천방지축이었던지 정관(正觀)하며 살라고 정관이라 조용한 이름을 지어 주었는데, 정관하려면 지관(止觀)해야 한다고 친구 녀석 한 놈이 본이름 정(正) 자에서 지붕을 벗겨 버린 지관(止觀)이란 새 호를 지어 주지 뭐요. 하늘이 훌쩍 열리고 말았으니 정관이고 지관이고 늘 밖으로 헤맬밖에…… 허헛."

언젠가 그가 자신의 아호 지관의 글자풀이로 자기 성품과 기질을 빗대었듯, 그는 그 용솟음치는 자기 소의 힘을 감당 못해 고삐를 놓고 함께 요동을 쳐 대는 격이랄까. 아니면 그 소용돌이에 자신을 내맡긴 채 소용돌이의 삶 자체를 살아가고 있는 격이랄까. 자연히 내가 거기 끌려들 위험성도 그만큼 더 커질 수밖에 없었다. 그리고 그럴수록 나는 그것을 피하려 할 때마다 자신을 움츠러들게 된 것도 당연한 노릇이었다.

하지만 그 싸움은 물론 쉽사리 결판이 날 수 없었다. 소용돌이가 나를 끌어내고 있는 듯싶으면 나는 그때마다 그것을 멀리하려 본능적으로 안간힘을 써 댔고, 자신이 어느 정도 안전하다 싶으면 어느새 그의 주위로 다시 호기심 어린 발길이 끌려들곤 해온 것이다. 일테면 나는 늘상 그와 처지를 함께하고 지낼 수도 없었고, 그렇다고 간단히 그의 곁을 떠나 버릴 수도 없는 형편이었다.

하지만 결국 결별의 때가 찾아왔다. 그것은 역설적이게도 내가 그에게 가장 가까이 다가들어 있었던 무렵의 일이었다. 그만큼 위험을 크게 느끼게 된 탓일 수도 있을 게다. 하더라도 그것은 내 쪽에서 결단을 내린 일이 아니었다. 어쩌다 사정이 그리된 것뿐이었다.

이듬해 이른봄 함께 시작한 잡지 일이 반년도 못 가서 파장이 나고서도 양 화백과 나 사이엔 계속 그런 만남과 어울림이 이어져 가고 있었다. 이번에는 내가 어떤 잡지의 소설 연재를 맡게 되어, 그 삽화가로 양 화백을 소개했던바, 잡지사 담당자도 그의 화풍을 흥미 있게 보아 주어 이른바 동업 관계가 시작된 것이었다. 하고 보니 나는 이전보다도 그에게 한 발짝 더 가까이 다가든 셈이었다. 술자리의 어울림은 말할 것도 없었고, 낭연히 내 식으로 이끌어 가야 할 소설 이야기까지도 그 발상법이나 인물의 행태에서 적잖이 그의 영향을 받고 있었다. 그때 내 소설은 주인공 청년이 도회적인 질서와 격식에서 벗어져 나와 한여름 강변에서 매운탕 가게 일을 하면서, 그곳 작부들이나 자연 풍물과 어울려 호방한 한 시절을 보내는 이야기였는데, 줄거리가 몇 달간 진행되어 가다 보니, 그가 내 이야기에 삽화를 그리고 있다기보다 내 쪽에서 그의 삽화의 분위기를 뒤쫓아 그의 인물을 따라가는 격이 되고 있었다. 삽화 속의 인물의 기질적인 특성이 나를 그만큼 앞질러 가면서 멋대로 이야기를 이끌어 가고 있는 식이었다. 나는 그만큼 자신의 입지에 심한 위기 의식을 느끼지 않을 수 없게 됐고, 끝내는 그에게 조종당하고 있는 이야기의 청년이 강물의 흐름까지 틀어 막으려는 무모한 충동성과 광기를 드러내기 시작하자 나는 그에 대한 자신의 경사(傾斜)를 더 이상 참을 수가 없게 된 참이었다. 그런데 그 일엔 양 화백도 성품대로 삽화의 원고를 미루고 미루다가 마감 날을 며칠씩 넘기는 일이 잦아 잡지사 담당자도 더 참을 수가 없는 지경이 되었던지, 내 쪽엔 일언반구 양해도 구함이 없이 삽화가를 일방적으로 바꿔 버리고 말았다. 일이 그리되고 보니 그 간의 내 불편스럽던 속이야 어찌 됐든 나는 그 앞에 내 민망스런 마음을 일러 감당할 길이 없었다. 담당자의 간단한 사후 해명 그 대로, 서운한 대로 나는 그런 담당자의 난처한 사정을 납득할 수 도 있었고, 삽화를 바꾼 것이 그의 그림이 못마땅해서가 아니라는 점도 이해할 수 있었다. 한편으론 차라리 그 편이 일이 더 잘된 건 지 모른다는 생각이 들어오기도 한 나였다. 하지만 사전 상의조차 없이 일방적으로 그림이 끊겨 버린 양 화백으로선 아무래도 언짢 고 불쾌한 처사가 아닐 수 없었다. 나는 마치 그것이 자신의 허물 이라도 되는 양 섣불리 아는 체를 하고 나서기가 몹시 거북했다. 일의 사정을 설명하고 이해를 구하려기는커녕 당장엔 그와의 면 대조차 어색하고 어렵게 느껴졌다. 당분간은 모른 척 면대를 삼갔 다가 그쪽에서 언짢은 심사가 가신 뒤에 그를 다시 보는 것이 더 자연스럽고 편할 것만 같았다.

하여 나는 한동안 소식을 미룬 채 그럭저럭 혼자서 내 식대로 소설을 꾸려 나갔다. 그런데 그것이 바로 선생과의 헤어짐이었다. 그도 과연 심사가 편치 못했던지, 그리고 나의 그런 내심을 환히 다 헤아리고 있었던지, 그 후론 내게 그 일의 시말을 묻거나 거론 하고 들려는 기미가 없었다. 그에겐 차회의 원고를 전하지 않은 것으로 언짢은 통보를 대신하고 말았다는 담당자의 말인데도, 선 생은 그 뒷사연을 알고 싶어 하긴 고사하고 이후론 전화 연락 한

마디 안 보내온 것이었다. 그리고 달이 넘고 해가 넘어가도록 그걸로 소식이 영영 끊어지고 만 것이었다. 나 역시 그렇게 세월따라 무심스레 잊어 온 선생이었다. 나중엔 나다니던 학교까지 그만둔 처지여서 어디서 어떻게 지내고 있는지 소식을 알아볼래도 그럴 길조차 없어 온 선생이었다.

그런데 장장 15년의 잠적 끝에 느닷없는 전화에다 성과야 어찌됐든 개인전까지 가졌다니, 그때의 헤어짐이 내 한쪽의 허물일 수는 없었지만, 나로선 적이 심사가 착잡하고 발 무거운 방문길이 아닐 수 없었다. 더욱이 그동안 선생의 그림이나 삶의 역정에 어떤 변화가 있었는지 새삼 조급스런 궁금증이 앞을 서기도 하였다. 그의 그림은 아직도 그 혼돈의 소용돌이 속을 맴돌고 있는 걸까. 거기서 어떤 화창한 창조가 새로 태어나고 있을까. 그리고 그의 황음(荒飮)과 탈속적인 성품은? 내가 굳이 이번 길을 나서게 된 것도 선생에게 그런 어떤 면모를 확인하고 싶은 희망이 그 큰 이유의 하나였지만, 사실 선생의 그런 충동적이고 파행적인 정신 질서에 대해선 그 무렵서부터 나 혼자 은밀하고 민망스런 의구심을 품어 온 때문이었다.

"틀렸어! 이게 무슨 그림이야."

"무슨 놈의 소 새끼가 이리 돼먹었어…… 흐흣!"

양 화백은 이따금 자신의 그림 앞에서 제풀에 그렇듯 자조적이 될 때가 있었다. 그리고 그 같은 자조적인 질책기는 그의 소 그림에 대하여 그 정도가 유난히 더 심했다. 그것은 물론 자신의 그림, 특히 그 소 그림에 대한 작가로서의 결핍감과 불만 때문일 터였다. 나는 그런 양 화백을 볼 때마다 민망스럽게도 그와 동시대의 한 동료 화가와 그 화가의 유명한 소 그림을 떠올리게 되곤 하였다. 그가 가끔 말해 왔듯, 일찍이 청년 시절 양 화백과 함께 그림을 그리다가, 그에 앞서 같은 소재의 소 그림 몇 작품을 세상에 내놓고 짧은 생애를 마감해 간 ㅈ 화백, 그래서 사람들 간에 그의 천재성이 더 널리 알려진 ㅈ 화백의 소 그림— 당시로선 차마 입 밖에 내어 말할 수 없는 일이었지만, 지금 와서 솔직히 털어놓고 말한다면, 나는 그 앞에 ㅈ 씨의 소 그림을 떠올리며 양 화백의 그 자기 결핍감과 어떤 거북살스런 갈등의 뿌리 같은 것을 상상해 보곤 한 것이었다.

물론 섣불리 단정할 수는 없는 일이었다. 예술가들에게서의 그런 자기 결핍감이나 비교적 불만감은 어쩌면 하나의 본질적 속성이랄 수도 있을 만큼 누구에게나 흔하게 볼 수 있는 것이었고, 그것은 오히려 자기 극복과 발견, 독자적 창조성의 힘찬 계기가 될 수도 있었다. 게다가 그는 ㅈ 화백의 인품이나 그림들에 대해 듣기 거북한 소리를 입에 올린 일이 한 번도 없었다. 젊었을 적 어울림이 있었던 처지에선 오히려 이야기가 너무 없었던 편이었다. —그 작자, 참 보기 드문 멋쟁이였지. 행운아였고…… 어쩌다 우정 어린 회고담을 한두 마디 흘리고 지나갈 뿐, 그의 소 그림에 대해선 특히 말을 삼갔다. 그가 ㅈ 씨의 소 그림을 마음에 걸려 하는 기미는 좀체 찾아볼 수가 없었다.

아니, 그의 소와 ㅈ 씨의 소가 전혀 다르다는 점에선 그에겐 애초에 그럴 필요나 이유조차 없었을 수 있었다. 그림의 세계를 잘 알지 못하지만, 그 새조나 표현 기법의 차이에서, 대상을 이해하고 그 본질을 포착해 내는 정신의 모습과 세계관의 차이에서, 나아가 그 소들의 심성과 힘의 성격에서, 두 사람의 소는 내게도 각각 고유 명사와 보통 명사의 차이만큼이나 다른 것으로 보였다.

하지만 그걸로는 내 송구스런 의구심이 말끔히 다 가시지 않았다. 그 세계나 지향이 아무리 서로 다르다 하더라도, 자기 동시대인의 소가 온 세상의 소를 대표하듯 널리 사랑받고 있다는 데에서, 거기다 그도 하필 같은 대상에 깊이 매달려 있다는 데서, 그는 역시 심사가 그리 편했을 수가 없었다. 그가 늘 ㅈ 씨의 소 그림을 염두에 없어 해온 태도나, 멋쟁이니 행운아니 ㅈ 씨의 회고담에 관용기를 보인 것도 어쩌면 그 반대되는 심사의 표현일 수 있었다. 염두에 없어 하거나 말을 삼가는 것은 그만큼 자의식이 강한 탓일 수도 있겠거니와, 요절한 예술가를 행운아라고 말한 것은 그의 화려한 성가가 남을 한 발 앞서 챙긴 소재의 선점성과 그 짧은 생애로 하여 덤을 사게 된 거라는 소리로도 새겨들을 수 있었다.

하고 보면 그는 역시 자신의 소 외에 죽은 ㅈ 씨의 소와도 피나는 싸움을 벌이고 있었을 수 있었다. 그리고 그 극심한 내면의 갈

등과 진짜 자기 소의 고삐를 움켜쥐려는 싸움이 그의 삶과 예술혼을 그토록 치열하고 충동적인 소용돌이로 들끓게 하고 있었는지 모른다.

그렇다면 그 혼돈스런 소용돌이의 의미는 무엇이었던가. 말할 것도 없이 그것은 새로운 창조와 탄생의 전조였다. 선생의 삶과 예술이 새로 태어나려는 산고의 몸부림과 신음 소리 같은 것이었다. 이제는 감히 말해도 상관없는 일이겠지만, 그 무렵 나는 그 선생의 분방스런 격정 속에 그것을 강하게 예감하고 또 믿고 있었던 것이다. 내가 그 무렵 양 화백에 대한 그 민망스런 의구심을 버리지 못해 온 진짜 이유였다. 그리고 지금껏 수수께끼를 풀지 못한 채 이날 굳이 그 먼 행보를 나서게 된 숨은 소이*였다.

그것은 물론 선생 자신이 그 같은 결단이나 변화의 기미를 좀체 보이지 않고 있었던 탓도 있었지만, 그보단 그 예기찮았던 무심스런 헤어짐과 그 후의 그의 오랜 칩거의 허물이 더 클 터였다. 하지만 나는 어쨌든 아직도 그에 대한 내 예감과 믿음을 버릴 수는 없었다. 소식을 알 수 없게 되고서야 뒤늦게 깨달은 그의 오만성— 자기 진실에 대한 믿음이 없고서는 자신과 자신의 그림에 대하여 그토록 아픈 폄하와 매도가 불가능할, 그토록 자신을 허심관하게 열어 버릴 수 없는, 그래서 한때는 그를 제법 알 듯싶던 나마저도 그것을 자기 결핍감과 자학의 몸짓으로만 잘못 읽었던

*소이 : 까닭.

그 도저한 오만성, 그것 때문에도 나는 새삼 그의 변화와 재탄생에의 궁금증을 지울 수가 없어진 것이다.

그런데 그가 이젠 개인전을 가진 데다 스스로 소재를 드러내 온 것이다. 그것은 나의 기대와 궁금증에 대한 그 식의 응답일 수도 있었다. 그렇다면 그의 그 오랜 잠적은 그의 변화와 재탄생의 은밀스런 부화기가 아니었을까. 부인의 전화로는 별반 그런 기미를 느낄 수 없었지만, 어쨌든 이제는 그 긴 잠적에서 벗어져 나와 자기 이름의 전시회까지 감당하려 나섰다면, 이날 우리들의 수월찮은 방문길도 충분히 기대를 걸어 볼 만한 행보였다. 그동안 과연 그의 삶과 그림들엔 그만한 변화나 변모가 이루어진 것일까. 이제는 그 충동적이고 분방스런 영혼의 질주를, 끓어오르고 소용돌이치는 힘과 격정을 자신 속에 의연히 감당해 나갈 수가 있게 된 것일까. 그 치열스럽고 질펀한 예술 혼의 소용돌이에 어떤 새 창조의 질서가 깃들어 흐르게 된 것일까. 그리고 무엇보다 그 사납고 힘겨운 황소와의 싸움은? 이제는 그 선생 자신의 소를 찾아 고삐를 옳게 움켜쥐고 녀석을 뜻대로 부릴 수가 있게 된 것일까……그것이 대체 어떤 모습으로 어떻게?

나는 선생의 그런 변화의 모습이 못내 궁금할 수밖에 없었고, 달리는 차 속에서도 그에 대한 기대와 궁금증으로 마음이 더 갈수록 조급해지고 있었다.

3

　그러나 막상 사람을 만나고 보니 선생은 기대나 궁금증과는 딴
판으로 그동안 별다른 변화의 기미가 엿보이지 않았다. 선생이 화
실과 거처로 쓰고 있는 오두막은 곤지암 근처의 한 개천가 마을
끝께의 채전* 한가운데에 자리 잡고 있었다. 마을 사람들의 당부
대로 동네 초입 공터에서 미리 차를 내려 울울한* 옥수수대와 호
박 넝쿨이 엉클어진 그 채전가 샛길을 건너가니, 벌건 대낮부터
거실 마루에 나앉아 농주 항아리를 끌어안고 있던 낯익은 얼굴이
열린 사립문으로 미리 우리를 내다보고 있었다.

　문을 들어서서도 우리는 오랜만의 재회에 걸맞은 인사조차 변
변히 치를 겨를이 없었다. 그의 옛 성품 그대로 무작정 사람을 주
저앉히기부터 하고 드는 그의 손짓 재촉에 이끌려, 우리는 뒷술자
리를 끼어들듯 엉거주춤 자리들을 정해 앉은 다음 그 오지 항아리
의 막걸리를 넘치도록 한 사발씩 받아 비우고 나서야, 그나마 동
행해 온 백야 형을 간신히 소개할 수 있었다.

　내가 선생의 근황을 좀 더 살필 만하게 된 것은 그렇게 어우러
진 대낮 술자리가 다시 몇 참을 넘기고 나서, 그가 '감독관 마누라
쟁이'라고 부르는 부인이 광주 장길에서 돌아와 남편의 취흥을 참
견하고 들기 시작하면서부터였다.

*채전: 채소밭.
*울울한: 빽빽하게 들어서 매우 무성한.

74

"여기 와서라고 그 술버릇이 어디로 가겠어요. 주야장천 당신 혼자 구름을 타고 앉은 주선 놀음이지요."

나에 대한 호소를 겸한 그 부인의 당차고 허물없는 푸념 소리만 하여도 선생의 옛 술버릇은 그새 조금도 달라진 데가 없는 게 분명했다. 한데다 그는 이날처럼 늘상 혼자서만 취해 가는 것도 아니랬다. 전화에서도 이미 들었듯 술꾼이란 어디서나 벗을 끄는 법이어서, 이곳엘 와서도 동네 청년들 가운데에 그를 따르는 사람이 한둘이 아니랬다. 언제부턴지 그는 사기나 목기, 혼수용품이나 길쌈 기구 따위의 옛 생활 용구들을 취미로 수집해 들이기 시작했는데, 동네 청년들이 그런 걸 구해 오면 그에 합당한 값을 매겨 쳐주거나 사례의 주석을 마련해 주곤 하였댔다. 그것이 결국 상례가 돼 버려 이즘엔 날이 궂거나 술 생각이 동해 오면 쓸모없는 질그릇이나 돌멩이 조각들까지 아무거나 집어 들고 와서 술을 얻어먹고 간다는 것. 변하지 않은 것은 그 주벽만이 아니었다. 선생의 그림이나 주변 정황 또한 옛날에 그의 화실이나 풍모에서 분위기를 느꼈던 것과 조금도 다를 바가 없었다. 그가 부인의 성화를 피하여 변소 길을 핑계 삼아 잠시 자리를 뜬 사이 집 안을 얼핏 둘러보니 거실이고 화실이고 안정된 정돈감이라곤 찾아볼 수 없었다. 전시회를 마치고 되돌아온 그림들과 쓰다가 팽개쳐 둔 원고 용지들, 동네 청년들이 술값을 얻으려 주워다 놓고 간 예의 옛 생활 용구들과 이런저런 모양의 온갖 잡동사니들이 먼지를 뒤집어쓰거나 혹은 아직도 신문지 같은 것에 싸인 그대로 집 안을 온통 어수선하게 하고 있었다. 값지고 쓸모없는 것을 따로 가리지 않고 아무 데나 뒤죽박죽으로 한데 들쑤셔 넣어 놓은 그 혼잡상이라니, 그대로 그것이 선생의 내면상의 반영인 것 같았다. 거기다 선생은 장마 때 산사태로 봉분*이 쓸려 내려간 주인 없는 무덤에서 수습해 온 해골바가지를 비롯하여, 그 속에 무엇이 들어 있는지도 알 수 없는 상자 꾸러미들을 어두운 다락방에 하나 가득 쌓아 두고 있다는 것이다.

변화가 없어 보이기는 그의 그림 역시 마찬가지였다. 전화로 이미 사정을 짐작할 수 있었지만, 그의 작품전은 역시 별 성과가 없었던 듯, 화실이나 집 안 곳곳에 팸플릿에 올라 있던 그림들이 대부분 그대로 되돌아와 널려 있었다. 그런데 그 그림들은 소재나 내용 분위기 모두가 옛날에 내가 보고 느끼던 그대로의 것이었다. 소와 홍수와 농악 놀이에 집중된 소재도 그랬고, 그 혼돈스럽고 우중충한 색조하며 퉁겨 나갈 듯 힘이 태인 분방한 선묘법……굳이 변화를 찾아 읽을 수 있다면 홍수 그림들의 짙은 암갈색조에 어떤 어렴풋한 탄생의 전조처럼 얼마간의 녹황기와 홍조의 밝은 빛이 깃들고 있는 것과, 제 힘에 못 이겨 몸부림을 쳐 대는 광포스런 황소들에 얼마간 설화풍의 의인화(擬人化)가 가해져 우직스러움과 희화성이 더해진 것뿐이었다. 그리고 농악 마당의 흥취와 신

* 봉분 : 흙을 둥글게 쌓아 올려서 만든 무덤.

명기가 좀 더 활기차고 질펀해진 정도였다.

하지만 그 정도 변화의 기미는 내게 별다른 뜻이 있을 수 없었다. 그것은 다만 내 부실한 기억의 착오 탓일 수도 있었고, 그러한 변화가 사실이라 하더라도 나로선 그 미미한 변화의 의미를 읽어낼 안목도 없었다.

나로선 선생의 풍모나 분위기, 그 기질과 작품에 이르기까지 어느 한 대목 분명한 변화의 흔적을 찾을 수가 없었다. 변모나 변화는커녕 오히려 그 초탈성과 질펀한 방만성만 더해 보인 것이었다.

자신과 자신의 소에 대한 그 고통스런 싸움이 아직도 끝장이 나지 않고 있음이었다. 게다가 이제는 그의 은밀스런 자기 믿음과 오만성마저도 자신과 세상에 대한 자학적인 열패감과 외로운 소외감 같은 것으로 노골화되어 가는 조짐마저 엿보였다. 선생의 그 같은 퇴영적인 징후는 우리와 마주한 그 몇 시간 동안의 심상찮은 농담투 속에서도 그 자신 몇 차례나 드러내 보였다.

"그 친구들 틀렸어. 틀려도 한참씩 빗나간 멍텅구리들이지. 도대체 제 녀석들이 무얼 안다고 나서 설쳐! 내 한번 찾아가 혼쭐을 내줄까. 제 녀석들이 무얼 모르는지도 모르는가를 똑똑히 알려 주게 말이야⋯⋯."

선생은 옛날 군복무 시절의 낯익은 동료나 수하 장교들이 오늘의 정가를 주름잡고 있는 사실을 들어 전에 없이 바깥세상 일에 관심을 보이며 기고만장 당대의 권력자들을 매도했다. 그러다간

이내 또 내 알 바 아니라는 듯,

"그 뭐, 지네들 맘대로 해 먹으라고 놔둬 버리지. 내가 무슨 지성인 민주 투사님이시라고, 안 그래요, 이 형! 허허."

엉뚱스런 도량과 만용기를 발휘하며 키들키들 제물에 자신을 비하시키곤 하였다. 그의 심중을 정확히 알 수는 없었지만, 내게는 그것이 그 무렵 흔히 듣곤 하던 우국충정의 토로로는 들리지 않았다. 그보다 자신과는 무관하게만 돌아가는 그 바깥세상에 대한 어쩔 수 없는 관심과 배반감, 그에 뒤짝한 자조적 열패감과 원망의 음색에 더 가깝게 들렸다.

하지만 그의 열패감이나 소외감이 사실이든 아니든, 그의 생활이나 그림과의 싸움에 어떤 변모가 있었든 말았든, 선생의 다른 한 가지 주문만 없었다면, 우리는 그쯤 확인과 인사치레 정도로 길을 돌아섰을 테고, 그리했더라면 그것으로 그만, 선생의 일을 계속 염두에 두거나 그 집을 다시 찾을 일은 없었을 터였다. 한데 이윽고 두 번째로 변소 길을 다녀온 선생이 다시 술자리로 끼어들며 내게 뒤늦게 그다운 일거리 주문 한 가지를 내놓았다.

"내 그동안 광주와 여주 이천 지역의 도자기 역사 자료를 샅샅이 다 뒤져 챙겨 왔어요. 이 골엘 와 보니 옛날 가마들의 귀중한 사료들이 무심히 사장되거나 사라져 가고 있어서 언젠가 내 손으로 정확한 역사를 정리해 두고 싶어서 말야요."

새삼스레 털어놓은 그의 수장(收藏) 자료의 내용인즉, 옛날 이

지역에 번창했던 관요나 민간요의 사료·사적 일체에 관한 것으로, 거기엔 도자업에 종사해 온 하층민들의 안타깝고도 애끓는 비사(悲史)까지 다 망라되고 있었다. 나의 관심이 미칠 만한 것으로, 그가 찾아 수집한 이들의 비사들 가운데는, 한 예로 옛날 이 지역 관요들의 생산품이 성곽 동남쪽 시구문을 통하여 성중 관시로 납품되어 갈 때의 절망스럽고 통한스런 천민사가 있었다. 성 밖에선 그때 왕실이나 권부의 부패상에 항거, 시구문 근처에서 그 관수품 반입을 방해하는 세력이 있었는데, 도자업 종사자들은 이들의 눈을 피해 짐을 몰래 들여가려다 억울한 죽음을 당하는 일이 많았다는 것. 그렇다고 그게 두려워 할당받은 물목을 제때 들여가지 못하면 이번에는 서슬 푸른 권부의 관헌에게 역시 목이 베이는 절통할 진퇴유곡의 천민 수난사가 그 내용이었다.

선생이 수집해 놓은 자료들 가운데는 그 밖에도 비슷한 것이 얼마든지 많다 하였다. 선생은 그 자료들의 목록을 대충 설명하고 나서 옛날에도 자주 그런 권유를 해 왔었듯 그걸로 내게 책을 한 권 써 보라는 것이었다.

"애석한 생각에서 자료를 찾아 모으기는 했지만, 이 형도 알다시피 내게 무슨 그럴 만한 글재주가 있어야지. 내 이담 번에 앞뒤 차례나 좀 정리하여 이 형한테 원고를 통째로 다 넘겨 드릴 테니, 소설을 만들든지 휴지로 버리든지 이 형 마음대로 처리 좀 해 주시구료."

어조는 헐거웠지만, 이번에는 그저 지나가는 권유 정도가 아니라 간곡한 당부투의 주문에 가까웠다.

그러나 또 다만 그것뿐이었다면 역시 그를 다시 찾는 일이 없었을는지 모른다. 선생의 그런 식의 호의에 대해선 전에도 늘 같은 생각으로 사양을 해온 터였지만, 그의 오랜 집념과 노고의 결정이랄 수 있는 원고를 그런 식으로 내가 섣불리 챙기고 나설 일이 아닌 때문이었다. 그런데 그보다 내가 다시 한 번 그 광주 길을 찾아가지 않을 수 없게 된 연유는 거기에 그 부인의 다른 주문 한 가지가 덧붙여진 때문이었다.

"경우 없는 말씀이 될는지 모르겠습니다만, 이 선생님이나 이 선생님 주위에 혹시 저 양반 옛날 그림을 지니고 계신 이가 없을까요. 저 양반 옛날에 술만 마시고 다니느라 자기 그림 간수를 하나도 못해 왔거든요."

근래에 회수한 몇몇 작품 이외에, 선생의 옛 그림들은 거의가 이 사람 저 사람 남의 손에 넘겨져 떠돌아다니게 되었는데, 지금 와선 그것을 누구에게 주었는지, 어디에 남아 있는지조차 알 길이 없게 되고 말았다는 것이었다. 그래 나도 한때 선생과 가까이 지낸 일이 있었으니 어쩌다 그림 한 점이라도 받아 지녀 온 것이 있거나 주위에 그런 사람을 알고 있으면, 다음 번 오는 길에 그 그림을 한 번만 볼 수 있게 해 달라는 것이었다.

행여 아직껏 지녀 온 그림이 있으면, 그리고 그 소장자의 양해만 얻을 수 있으면, 그에 상당한 근작으로 대신 교환을 해 주거나 원하는 값에 작품을 회수하는 게 소망이지만, 불연이면 이쪽에서 그림의 사진이라도 찍어 올 수 있는 길을 마련해 주면 그보다 고마울 일이 없겠다는 것이었다.

나는 물론 그 부인의 뜻을 충분히 이해할 수 있었다. 그리고 과연 나의 서가 어느 구석엔가 선생의 그림 한 점이 아직도 뿌연 먼지 속에 책과 뒤섞여 파묻혀 있으리라는 사실이 머리에 떠올랐다. 옛날 둘이서 술에 취해 그의 학교 작업실을 들렀다 나오면서, 그가 문득 생각난 듯 선반 위에 얹혀 있던 암갈색투성이의 풍경 한 점을 집어다가, 그 화폭 뒤에 〈홍수 뒷날〉이란 화제(畵題)와 1975년 7월 중순 정도로 기억되는 서명 날짜를 써 넣은 뒤, 이거 두고 보면 싫증은 덜 날 거요, 하면서 불쑥 어색스런 몸짓으로 건네준 그림이었다. 10호 남짓한 작은 화면인데도 그 느낌이 워낙 무거워 방에 건 일은 없었지만, 그것을 준 사람의 고마운 뜻을 생각하여 그간 집을 옮겨 다닐 때마다 빠뜨리지 않고 꼭꼭 책과 함께 옮겨 보관해 온, 그러나 다음 번 다시 집을 옮기게 될 때까지는 눈에 띄거나 염두에 두어 본 일이 거의 없었던 그림이었다.

나는 물론 즉석에서 그 그림의 소장 사실을 말했다. 그리고 그 사실만으로도 반가움을 못 이겨 하는 부인의 숨은 소망 앞에 나 역시 그 그림을 되돌려 줄 즐거움에 더없이 가슴 뿌듯한 보람을 느끼지 않을 수 없었다.

두 번째의 광주 길이 불가피해진 것은 그러니까 내게 대한 선생의 호의나 주문보다 오히려 그 옛 그림을 주인에게 되돌려 줄 일과 그에 대한 부인과의 약속 때문이랄 수 있었다.

4

　시일을 그리 오래 끌지 않으려던 그날의 다짐과는 달리, 선생의 그림을 되돌려 주러 가는 길은 그러나 좀처럼 쉽지가 않았다. 뒤늦게 그림이 아까운 생각이 들어서가 아니었다. 쉽게 마땅한 기회가 생기지 않은 데다, 그런 일로 일부러 날을 잡아 길을 나서기도 어딘지 새삼스럽고 멋쩍은 기분이 들곤 한 때문이었다.

　내게 그런 멋쩍은 기분이 들게 한 것은 따지고 보면 선생과는 정반대 격인 부인의 그 결벽스런 성격에도 일부의 책임과 허물이 있었다.

　"공짜 그림을 오래 지니고 감상했으니 이젠 저도 무상으로 되돌려 드려야지요. 사례라면 오히려 제 쪽에서 해야 할 일이구요."

　그림을 돌려 드리러 근간 다시 한 번 찾아오겠노라는 내 약속을 부인은 금세 그냥 받아들이기가 어려운 듯, 경우가 절대 그럴 수 없다는 사양조에 덧붙여, 한사코 그림 값이나 적당한 근작과의 대환(代換)을 일방적으로 다짐했다. 그것이 내 발길을 적잖이 부담스럽고 거북하게 해온 것이었다. 굳이 반환의 대가가 필요하다면 나는 그 선생의 도요사 원고나 한번 얻어 볼 수 있으면 그것으로

82

충분했다. 그것도 탐이 나거나 용도를 생각해서가 아니라, 어차피 한 번 더 걸음걸이를 하게 될 바에는, 더욱이 선생이 그새 나를 위해 원고를 정리해 두고 있다면 그거나 한번 공부 삼아 훑어 보고 싶었기 때문이다.

그림을 그리기 좋아하거나 알지 못한 탓이겠지만, 그림 값을 쳐 받거나 다른 그림을 대신 바꿔 올 생각은 추호도 없었다. 하지만 부인이 끝내 생각을 바꾸지 않는다면 나로선 그 또한 어쩔 도리가 없는 일이기도 했다. 하다 보니 그새 어떤 은밀스런 기대감까지 움직이고 있었던 것일까. 나는 그 반환이나 대환의 절차에 지레 혼자 멋쩍고 어색해져서, 어물쩍 그 기회를 회피해 온 대목조차 없지 않았던 것이다. 그리고 이상스럽게 거북한 망설임, 좀 더 정확히는 그림을 하루빨리 돌려줘야 한다는 책무감과 대환 작품에 대한 은근스런 미련과의 갈등 속에 나는 어느새 2년 여의 어정쩡한 세월을 흘려 보내고 말았다. 그러다 어느 날 드디어 그 두 번째 광주 길을 나서게 된 것은 지난해 초여름 싱그러운 녹음이 성중 인총을 온통 교외로 불러내던 5월 중순 무렵의 일이었다. 실은 이번에도 백야 형이 기회를 마련하여, 그와 둘이 함께 동행을 해서 였다. 그날 오후 백야는 사무실 일을 일찌감치 끝내고 찾아와, 오랜만에 함께 바깥바람이라도 쏘일 겸, 가까운 교외로 나가 목이나 축이고 오자고 나를 슬슬 끌어 댔다. 그래 대낮에 술추렴을 나서 려면 그럴 만한 구실이 있어야지 않겠느냐고, 기회가 닿은 김에 그의 차에 그림을 싣고 나선 것이었다.

그런데 막상 선생 댁엘 당도해 보니 어쩐지 날이라도 잘못 잡아 찾아온 듯 처음부터 매사가 엇나가는 느낌이었다. 우선 선생은 모처럼 술기가 없어 보이는 얼굴로 우리가 찾아온 것을 보고도 반기는 기색이 별로 없었다. 맹숭맹숭한 얼굴로 격에도 맞지 않는 라디오 어린이 프로 같은 것을 듣고 있다가 전혀 그답지 않게 담담한 분위기 속에 앉을 자리나 겨우 권해 올 뿐이었다. 한동안 사람을 접하는 법을 잊고 살아온 사람처럼 우리와의 대화조차 어쩐지 어색하고 설어하는 듯싶은 선생의 표정 속엔 전에 없이 쓸쓸한 적막감마저 감돌고 있었다. 어수선한 주변은 그리 달라진 데가 없었지만, 선생에게선 도대체 처음 보고 처음 겪는 별스런 분위기였다. 그간에 무슨 심상찮은 변고가 있었음이 분명해 보였다. 지관 선생 스스로도 그런 어색한 기분을 느꼈던지 뒤늦게 그에 대한 변명조의 양해를 구해 왔다.

"내 며칠 전 술을 좀 과하게 했더니 마누라쟁이 성화가 어찌나 심한지…… 술기를 며칠 못하니까 기분까지 이리 저조해지는구만…… ."

"당신, 그래도 술은 절대로 안 돼요. 술로 아예 세상을 거덜 내고 싶으시면 몰라도."

뒤늦게 사립을 들어서던 그의 부인 역시도 인사보다 우리의 술자리부터 경계하듯 전에 없이 단호한 어조로 참견을 하고 들었다.

84

인사를 겸해 계속된 그 부인의 푸념의 내용인즉, 선생은 며칠 전 멀리서 찾아온 고향 후배 한 사람과 24병들이 소주 한 상자를 밤을 새워 비우고 나서 그 주독과 후유증으로 이날까지 그 지경이 되어 있다는 거였다. 듣고 보니 그 부인의 호통조 앞에 그답지 않게 다소곳해 있는 선생이 아원 몰골은 힌동인 신병에라도 시달려 온 사람처럼 기력이 새삼 쇠진해 보였다.

하지만 선생의 그런 황음은 역시 그의 변화나 저조한 기분의 원인으로 보기가 어려웠다. 그걸 곧이듣기엔 그다음 일들이 납득하기가 너무 어려운 사정이었다.

선생의 건강을 위해서나 부인의 조심스럽고 언짢은 심사로 해서나 우리는 굳이 거기서 술자리를 벌이고 싶은 생각이 조금도 없었다. 술은 나중에 돌아오는 길에서도 얼마든지 가능했다. 하더라도 가져온 그림만은 돌려주고 가야 했다. 나는 일찌감치 이번 방문길의 용무를 끝내려 마루로 미리 들여다 놓은 그림의 포장을 푼 다음 내외 앞에 내놓았다.

그런데 일은 거기서부터가 더욱 이상하게 돌아갔다. 선생은 뜻밖에도 자신의 그림을 별로 반기는 기색이 없었다. 반가워하기는커녕 그림을 정면으로 바라보지도 못하고 거기 무슨 두려움이나 부끄러움이라도 타는 곁눈질로 슬금슬금 훔쳐보듯 할 뿐이었다. 무언지 당황스럽고 난감스럽기까지 해 보인 그의 그런 표정은 그 그림이 어디서 어떻게 그려진 것인지도 잘 기억이 나지 않은 것 같앉다. 나는 보다 못해 그림의 뒷면에 적혀 있는 선생 자신의 서명까지 뒤집어 보여 줬다. 그러나 선생은 자신의 서명과 1975년 7월 15일로 되어 있는 그림의 기증 날짜에도 여전히 기억이 잘 떠오르질 않는 듯 고개를 계속 갸웃거리고 있었다. 그때 그 선생의 어정쩡하고 어색하고 적막스런 표정이라니—.

그러나 그런 선생은 오히려 뒷전이었다. 부인은 거기서도 한술을 더 뜨고 나섰다.

"그런데 어떻게 오늘 이 그림을 가져오셨어요?"

본인보다 먼저 그림을 알아본 듯 부인이 다시 한마디를 끼어들었다. 시일을 너무 오래 끌어 속마음을 그토록 섭섭하게 한 탓인가. 아니면 내외간에 계산속을 미리 짜고 안면 몰수를 하고 나선 것인가. 설마 그럴 리야 없을 테지만, 부인은 전사에 자신이 먼저 그림을 소망했던 일이나 그에 대한 매입이나 대상(代償)을 자청했던 사실들, 게다가 이쪽의 사양에도 몇 번씩 거푸 다짐했던 일들을 말끔히 다 잊어 먹고 있는 듯한 말투였다. 나는 일순 어이가 없을 수밖에 없었다. 어이가 없기보다 무슨 숨은 꿍심*이라도 들킨 사람처럼 제물에 심히 당황스러워지기까지 하였다. 그래 엉겁결에 궂은 속셈을 다시 거둬들이듯,

"선생님 쪽이 저보다 옛날 작품이 더 소용되실 듯해서요……."

어쩌고 어물어물 당치도 않은 변명투를 늘어놓고 있었다. 그녀

*꿍심 : 꿍꿍이셈.

86

라고 약속을 잊어 먹었을 리가 없는 터에, 경위를 밝혀 봐야 처지만 서로 더 어색해질 뿐, 그것이 전부 이쪽의 자의에서인 양하여 쑥스러운 처지나 넘어가자는 속셈에서였다.

한데 그녀는 대체 무슨 속셈에선지 이후로도 끝내 전날의 약속은 한 토막도 염두에 없이 하는 식이었다…… 그린데 어쌔 하필 오늘 그림을 가져올 생각을 했느냐, 그 말고 다른 동기나 이유가 없느냐, 당신의 호의를 그대로 믿고 받아들여도 되느냐…… 부인은 아직도 내 속내가 미심쩍은 듯 계속 꼬치꼬치 캐묻고 들었다. 그건 영락없이 자기 약속을 실효시키고, 그것을 내게 분명히 확인시켜 주는 음회한 연극조로 보이기까지 하였다. 그리고 그녀는 한마디도 빗나갈 수 없는 나의 맹세투 확인을 듣고서야 얼마간 마음이 놓이는 듯,

"그렇다면 이 선생님의 뜻을 고맙게 받아들이겠어요. 정말로 감사해요."

냉담스러울 정도로 사무적인 어조로 괴로운 추궁을 겨우 마감해 주는 것이었다.

하지만 이날의 언짢은 일들은 거기서도 아직 다 끝이 나질 않았다. 뿐더러 그 모든 일이 나이를 좀 더 먹은 내외간의 노회한 계산성 위에 연출된 연극일지도 모른다는 의구심은 지관 선생이 다시 그 깊이를 더해 왔다.

우리는 이제 그쯤에서 자리를 일어서려 하였다. 그림 일을 그렇

게 응대하고 나오는 마당에 말도 꺼내 보지 않은 그 도요 자료 원고 따위는 더 미련을 남길 일도 못 되는 때문이었다. 그런데 선생이 그제서야 새삼 우리의 출발을 잠시 지체시키고 나섰다. 다름 아니라 그는 뒤미처 생각이 떠오른 듯 서둘러 부인에게 화실 문을 열게 했다. 그리고 잠시 혼자 그쪽으로 자리를 옮겨 들어갔다가 순식간에 그림 한 점을 그려 봉투에 담아 들고 돌아왔다.

"빈손 보내기가 뭣해서 모처럼 만에 붓을 잡아 보았더니 손이 말을 안 듣는구먼. 가다가 차 속에서나 한번 들춰 보고 내던져 버리시구려."

봉투에 넣어 온 그림을 내게 불쑥 내밀면서 그가 작별 인사 겸 건네 온 말이었다. 그러나 나는 솔직히 그것을 받아 들고 나설 생각이 조금도 없었다. 그림커녕 이제는 그의 농담투 인사치레 말에 조차 제대로 응대할 기분이 아니었다. 오랜만에 자기 그림을 찾아 들고 간 사람이니, 전날의 그 부인과의 약속이 아니더라도 그냥 소품 한 점쯤 그려 주고 싶었을 경우는 충분히 이해할 수 있었다. 하지만 나는 차에서나 한번 열어 보고 내던져 버리라는, 그의 옛 성품 그대로의 겸사의 소리마저 그대로 들리지 않았을 정도로 그의 호의를 올바로 받아들일 수가 없었다. 부인의 약속을 부러 모른 척해 넘기려다 끝내 속이 편치 못해 그런 식으로나 마음의 빚을 벗어 넘기려는 요량인 것만 같았다.

나는 차라리 더 기분이 상한 채 이번에는 정색을 하고 완강하게 그림을 사양했다. 하지만 그도 역시 소용이 없는 일이었다. 선생은 자기 치레 소리와는 다르게 되돌려진 봉투를 한사코 다시 내게 떠맡겼다. 그리고 그것으로 자기 할 일을 다한 듯 서둘러 우리를 문밖으로 쫓아냈다.

나로선 더 이상 어쩔 수가 없는 일이있다. 봉투 속에 어떤 그림이 그려 넣어진 것인지, 인사 삼아 한번 꺼내 볼 겨를도 없이, 그에 대한 작별 인사도 변변히 못 치른 채, 속으로는 정말로 다른 그림을 기대하고 갔다가 간신히 허탕질이나 면하고 나온 사람처럼, 그렇듯 민망스럽고 씁쓸한 기분으로 어물쩍 발길을 돌이킬 수밖에 없었다.

일이 그리되고 보니 그 무참스런 기분은 돌아오는 차 속에서도 마찬가질 수밖에 없었다. 허겁지겁 서둘러 찻길을 꺾어 돌아오면서도 나는 차라리 유구무언 격으로 한동안 입조차 떼지 못하고 있었다. 전후사를 환히 다 보고 들은 백야 형도 그런 내 심사를 빤히 다 헤아린 듯 내내 섣부른 참견을 삼가고 있었다. 어디서 술부터 한잔 하고 가자는, 있을 법한 권유의 말 한마디 없었다. 나는 그 백야 형에게마저 공연히 언짢고 민망스런 심사를 가눌 수 없어 말없이 창밖만 내다보고 있었다.

하지만 역시 백야 형은 직접 당사자가 아니었다. 뿐더러 위인은 그 같은 침묵 속에 서서히 어떤 희극기가 느껴져 오기 시작한 모양이었다.

"그러니까 결국 내 그림 내주고 애꿎은 야단질까지 당하고 돌아오는 격인가. 허헛!"

끝내는 그가 더 참을 수 없어진 듯, 또는 그도 혼자 나름대로 언짢은 심사를 삭이고 난 듯, 너털너털 웃음 속에 나를 놀리고 들기 시작했다.

"그러니까 애초에 돌려줘야 할 일이면 다른 꿍심 갖지 말고 깨끗이 내주고 말 일이지, 어디라고 그딴 음흉한 생각을 품고 뭉그적거려! 그대의 속내를 그 양반이 뻔히 알아차리고 그리 나온 거 아냐? 그나마 마지막에 길품팔이 삯거리라도 얻어 오게 돼 다행이지만, 허허. 헌데 어차피 선심을 써준 것이니 얼마짜리쯤 되는지 그림 값이나 한번 매겨 보시지 그래. 가다가 차에서 꺼내 보고 버리랬잖아."

평소 백야가 자주 즐겨 온 험구질이었다. 그런 데다 이날은 그 밖의 다른 적당한 어법도 없어 보였다. 사정이 그렇고 보니 나로서도 이젠 더 입을 다물고 앉아 있을 수가 없었다. 더 이상 기분을 풀지 못하고 있다간 나를 부러 놀려 대는 위인의 험구를 사실로 시인해 주는 꼴이 될 터인 데다, 그의 말마따나 기왕지사 대환물로 얻어 온 그림일 바엔 그 앞에서 봉투 속을 한 번쯤 들춰 봐야 할 처지였다.

"그것참, 이제 보니 자네도 한 장 그려 달랠걸, 섭섭하게 됐구만."

비로소 나도 위인의 험담에 걸맞은 한마디를 내뱉고는, 그러나 여전히 내키지 않는 심사 속에 뒷자리에 아무렇게나 던져 놓았던 봉투를 집어 와 그림을 꺼내었다. 꺼내 놓고 보니 대개 예상했던 대로 8호 정도 크기의 황소머리 그림이었다. 그새 서서히 어둠이 스미기 시작한 차 속인 데다 그림이 흔들려 제대로 볼 수가 없었지만, 단숨에 붓을 비비고 문질러 대듯 해 그린 그의 눈 익은 단골 수법의 묵화였다. 단골 소재에 단골 기법의 황소 그림. 시간이 촉박한 탓에선지, 무겁고 암울스럽던 그의 혼탁한 색조가 거기선 아예 동양적 무채색으로 단조롭게 정리된 것이 눈길을 끌었지만, 나는 그 그림에 더 이상의 관심이나 흥미를 느낄 수는 없었다. 아니 옛날의 교분만 아니었다면 나는 그걸 어쩌면 차편을 내준 값으로 백야에게나 미련 없이 주어 버릴 수도 있었을 터였다.

"버릴 테거든 밖으로 내던지지 말고 차 안쪽에다 버려. 내키지 않으면 나라도 주워 가게."

핸들을 붙든 채 한두 번 곁눈질을 보내 오던 백야가, 내가 다시 그림을 봉투에 집어넣고 있는 꼴을 보고 그런 소리로 계속 약을 올려 대고 있었으니까.

하지만 나는 차마 거기까지는 기분대로 처결을 지을 수가 없었다. 선생과의 옛 정의를 생각해서라도 그것은 내 쪽의 도리가 아니었다. 그 되돌려 주고 온 홍수 그림만 하여도, 부인의 옛날 그림에 대한 소망을 보고 나서부터 그걸 여태껏 보관해 온 것을 얼마나 다행스럽고 보람스러워했던가.

어쨌거나 그 그림만은 내가 지니고 보관하는 게 옳은 도리였다. 그리고 나는 실제로 그렇게 하였다. 나는 더 이상 대꾸를 않은 채 백야와 그냥 곧바로 시내로 돌아와 그때부터 이날의 언짢은 기분을 씻어 내듯 모처럼 걸판지게 술만 마셔 댄 것이었다. 그리고 그 취기 속에 집으로 돌아와선 그림을 봉투째로 벽장 속 깊숙이에다 던져 넣어 버린 것이었다.

그러니까 전날의 홍수 그림에 대해서도 그랬듯, 나는 그것으로 그림 일은 아예 잊어버리기로 한 것이었다. 그의 그림 일을 잊고 지내려는 마당에 하물며 그의 다른 일들엔 더 관심을 남길 바가 없었다. 그의 소가 어떻고 홍수가 어떻고, 자기 소에의 열패감이나 오만감이 어떻고, 그의 그림의 추이나 생활 태도의 변화 따위는 이제 내가 궁금해하거나 상관할 바가 아니었다. 그날의 어이없는 연극의 속사연 역시도 내게는 이미 별 관심이 남아 있을 수 없었다. 일테면 나는 이제 그 지관의 그림이나 삶의 모든 것과 깡그리 다시 결별을 하고 지내게 된 것이었다.

5

그러나 나는 당시 그 같은 결별의 진짜 뜻을 미처 알아차리지 못한 셈이었다. 그것은 사실 진짜 결별이 아니었다. 나는 오래잖아 그의 슬픈 소식에 다시 한 번 광주 길을 다녀와야 했던 때문이다. 그리고 그때서야 나는 그것이 진짜 영원한 결별이었음을 깨닫지 않을 수 없었다.

그렇듯 서먹하고 꺼림칙한 기분으로 선생과 헤어지고 돌아온지 겨우 한 달쯤 만에 부인으로부터 다시 뜻밖의 전화가 걸려 왔다. 선생의 별세 소식이었다.

"근자 그이에게 유독 따뜻한 마음을 전해 주신 이 선생님이라 소식을 전해 드리지 않을 수 없어서요. 전번엔 본의 아니게 무례하게 굴었던 일을 사죄드리고 싶기도 하고요."

부인의 완곡한 희망이 아니더라도, 그리고 전사가 어떤 식이었든, 나는 바로 서둘러 문상을 나서지 않을 수 없었다. 갑작스런 선생의 타계 사실도 그렇거니와, 전번에 본의 아니게 운운…… 하던 부인의 뒷말에 나는 그날의 수수께끼 같은 일들과 관련, 새삼어떤 예감이 치솟아 오른 때문이기도 했다.

나는 이번에도 또 백야의 양해를 구해 그의 차로 급히 광주로 달려갔다. 자연히 그날의 수수께끼 같은 일들에 대한 어떤 예감이 어린 추측들은 달리는 차 속에서도 나와 백야 사이를 끊임없이 넘나들었다. 모처럼 술기를 띠지 않고 있던 그날의 선생의 저조한 기분과 전에 없이 담담하고 적막스런 표정들, 일전 고향 친지와의 폭음 탓이긴 했지만, 병색이 어려 보일 만큼 야윈 얼굴에, 자신의 그림조차 바로 바라보지 못하고 부끄러움을 타듯이 곁눈질로 흘깃거리고 있던 그 어색하고 난감스런 모습들…… 선생은 그때 이미 자신의 죽음을 예감하고 있었던 게 아닐까. 그래서 우리의 갑작스런 방문에 오히려 당황스러워진 것이 아니었을까…… 그렇다면 선생이나 부인으로선 전일의 약속 따위가 염두에 있었을 리 없었다. 그래 나중엔 다른 기회를 기약할 수 없어 나의 거푼 사양과 만류에도 불구하고 서둘러 그림 빚을 갚고 싶어 한 게 아니었을까—.

그런데 정작 빈소엘 도착해 보니 모든 것이 예감하고 추측해 온 그대로였다.

"병원에서 가망이 없다는 말을 듣고, 간장이 좀 안 좋지만 집에서 술을 끊고 요양을 계속하면 별로 걱정할 것 없는 정도라고 안심을 시켜서 돌아와 있던 참이었어요. 그러다 며칠 후엔 그 고향 후배 분이 찾아오신 바람에 죽자사자 폭음까지 하고 난 뒤였지요."

빈소에서 백야 형과 분향헌주(선생의 영전 앞엔 그 생전의 오지 술 항아리가 마련되어 있었다) 재배*를 끝내고 나오니, 소복의 부인이 전날과는 다르게 애틋하고 안타까운 호소조를 늘어놨다.

"그런데 그런 참에 이 선생님이 갑자기 그림을 가지고 오셨으니, 저는 영락없이 어디서 나쁜 소식을 듣고 찾아오신 줄만 알았지요. 다른 데 어디서 소식을 듣고 오신 건 상관이 없지만, 혹시 당신이 직접 연락을 해선가구요. 전 그때까지 당신이 병세를 모르고

* 재배 : 두 번 절함.

94

계신 걸로 믿고 있었거든요. 당신이 직접 연락을 하셨다면 자신도 사실을 알고 계신 폭이니, 저는 긴가민가 기미를 살피느라 다른 경황이 있었겠어요…….”

하지만 알고 보니 나의 그 물색 모른 방문과는 상관없이 선생은 이미 사실을 알고 있었더라 하였다. 그렇다면 지관 선생은 그때나 나중까지 당신의 병세를 모르고 계시다 가셨느냐는 나의 위로조 물음에, 그녀는 새삼 눈시울이 젖어 들며 고개를 가로저었다.

“어디 가요. 그때는 몰랐지만 돌아가신 뒤에 보니, 당신도 미리 다 짐작하고 계셨어요. 보세요…… 집 안에 그이 그림이 한 점도 없지 않아요. 그림뿐 아니라 그 많던 수집품들도 남아 있는 것이 없어요. 당신이 미리 다 없애 버린 거예요. 처음엔 주변을 좀 정리하고 싶다고 물건들을 하나하나 화실로 옮겨다 열쇠까지 채워 두시길래, 전 당신 자신도 모르게 마음까지 달라져 가는가 했더니, 돌아가신 다음에 보니, 그걸 언제 어디로 치워 없애고 말았는지 화실이 휑하니 비어 있지 않겠어요. 화실뿐 아니라 벽장 속에 뭉치뭉치 쑤셔 넣어 둔 것들도 깡그리 흔적이 사라지고 없구요. 마지막을 미리 알고 차근차근 주변 정리를 하고 계셨던 거예요. 이 선생이 그리 굳이 사양을 하신 데도 그날로 꼭 그림을 그려 드리려 하신 것도 자신은 분명히 의식하지 못했더라도 사실은 그런 준비의 하나였던 것 같구요.”

“그럼 선생님께선 자신의 병세를 언제쯤부터 분명히 알고 계셨을까요?”

나는 선생의 그날의 숨은 심중을 한 번 더 헤아려 보고 싶어 조심스레 다시 한마디 덧붙이고 나섰다. 하지만 미망인은 이제 와서 그게 무슨 소용이냐는 듯 한동안 망연스레 입을 다물고 있다가 한숨 섞인 목소리로 그 시기를 대충 확인해 왔다.

“글쎄, 그게 어느 때쯤부터였던지…… 아마도 그 후배 분과 폭음을 하셨을 땐 그걸 알고 있었던 게 분명한 것 같아요. 그때 전 저이가 쓸데없는 자신이 생겨서 저러나 보다, 혼자서 내내 속을 태웠는데. 사실은 그때 이미 자포자기 상태가 되어 있었달까…….”

하고 보니 내가 원했든 원하지 않았든 그것으로 수수께끼는 모두 풀리게 된 셈이었다. 고향 후배와 폭음을 한 것이 병세를 비관한 자포자기였다면, 우리가 찾아갔던 날은 물론, 그 이후의 일들은 모두 그런 정황에서 빚어진 것이었다.

그러나 나는 그 수수께끼들이 풀림과 동시에 지관 선생의 삶이나 예술 의지와 상관하여 새삼 더 무거운 숙제를 떠안게 된 격이었다.

“야속하고 박절한 양반…… 살아생전엔 그리도 천지 사방 자신을 홀리고 다니신 당신이 종말은 어찌 그리 결벽스러워지셨는지.”

문상을 끝내고 우리가 돌아올 때 문밖까지 배웅을 따라 나온 부인은 작별 인사도 잊은 채, 그렇듯 고인에 대한 원망스런 넋두리를 늘어놓고 있었다.

"그것이 어찌 그리 절박한 일이었는지 그 속을 알다가도 모르겠더이다. 하다못해 당신 체취가 남긴 그림 몇 점이라도 남겼으면 이토록 서운하고 야속한 생각은 덜 들겠더이다……."

바로 그 원망 어린 미망인의 탄식 속에 나의 새 궁금증과 숙제가 모습을 드러낸 것이나.

나 또한 미망인의 원망과 탄식처럼 고인이 무슨 생각으로 주변을 그렇듯 말끔히 정리하고 간 것인지 정확한 속사연을 알 수가 없었다. 그렇다고 거기에 대해 아무런 짐작이 없는 것은 물론 아니었다. 부인 역시도 그쯤은 이미 다 짐작이 있었겠지만, 선생이 그렇듯 생전의 흔적을 깡그리 지우고 간 일에 대해서는 나 나름대로의 어떤 추측이 상당 정도 가능했다. 섣불리 단언할 수는 없는 일이지만, 그것은 어쩌면 선생의 삶 혹은 그림 일의 의미나 완결성 같은 것에 깊이 관련이 지어진 일일 터였다. 그리고 그런 점에서 나는 선생의 결단과 처결을 그런대로 납득하고 공감도 보낼 수 있었다.

나를 더욱 궁금하고 마음 무겁게 한 것은 그보다 선생이 그날 내게 그려 준 황소머리 그림이었다. 시기를 따져 보면 그것은 아마도 그가 그 주변을 정리하기 시작했을 무렵의 일로 추측됐다. 그리고 이후 선생의 기력이나 심적 정황들을 감안해 볼 때 그것이 그의 마지막 그림이었을 공산이 매우 컸다. 그렇다면 선생은 대체 어떤 심사에서 다른 그림들은 정리를 서두르던 과정에서 하필이

면 내게 그 그림을 새로 그려 준 것이었을까— 그야 나는 그의 옛
그림을 되돌려 주러 간 사람이니 그에 대한 단순한 고마움의 표시
나 마지막으로 빚을 갚고 싶은 심정에서 그랬을 수도 있었다. 차
에서나 한번 들춰 보고 내던져 버리라던 소리도 그의 평소의 대범
성에서가 아니라 말 그대로 당부였을 수 있었다. 하지만 그의 그
막무가내식 떠맡김이, 허물없이 내던져 온 그 자기 비하투가 정말
로 내게 그것을 내던져 버리게 하려는 의도에서였을까. 자신의 당
부대로 내가 정말 버리게 될 거라고 믿을 수 있었을까…… 나는
아무래도 그의 진의를 알 수 없었다. 하지만 그의 진의가 어떤 것
이었든 나는 자꾸 선생이 그것으로 나를 골라 이승에 남기고 간
어떤 무언의 숙제처럼 여겨졌다. 뿐더러 그 속에 담겨진 비의(秘
意)가 그렇듯 궁금하고 마음까지 새삼스레 무거워진 것이었다.
그 원망 어린 부인의 푸념대로 그것이 과연 선생이 이승에 남기고
간 유일무이의 마지막 작품이라면, 그리고 그렇듯이 간절하고 애
절스런 부인의 소망(그녀는 차마 직접 그런 말을 못했지만)이 있었
고 보면, 이번에도 나는 그 그림부터 고인의 집으로 되돌려 주는
것이 우선의 도리였다.

　그야 나로선 그림을 되돌려 주는 일 자체는 문제가 아니었다.
하지만 나는 그것이 고인의 뜻에 부합하는 일인지 아닌지는 아직
알 수 없었다. 고인의 본뜻이 그것이 아니라면 나는 그걸 간단히
되돌려 보낼 수가 없었다. 고인의 유지를 멋대로 거스르고 나설

수도 없을 뿐더러, 어쩌면 그로 하여 선생이 내게 남기고 간 어떤 소중스런 비의를 지나쳐 넘김으로써 선생의 생애와 예술의 참뜻을 본의 아니게 욕스럽게 할 수 있는 때문이었다.

내 솔직한 느낌으로 말한다면, 나는 그 되돌림이 적잖이 조심스럽고 밍실어진 편이었다. 그것은 아무래도 선생이 마지막에서 자신의 삶과 그림의 흔적들을 말끔히 지우고 간 사실이 마음에 걸려온 때문이었다. 그 마지막 소머리 그림마저 한 번쯤 들춰 보고 내던져 버리라던 소리가 선생의 진심처럼 자꾸 되살아난 때문이었다. 어떤 동기나 뜻에서든지 그가 이승의 생애와 그림의 흔적을 모두 치워 없애는 게 진심의 소망이었다면, 그리고 나에 대한 그 겸양조의 주문 역시 그의 진심에서의 소망이었다면, 내가 지닌 그림 역시도 그의 소망에 따라 그의 부인이나 나나 다른 누구의 손에도 이 세상엔 흔적이 남아 있어선 안 되었다.

그러나 거기 어떤 다른 비의가 숨겨져 있다면, 그리고 그것이 내게 주어진 숙제의 수수께끼라면 그림은 그 비의가 해독될 때까지 내게 그대로 보관되어 있어야 했다. 적어도 그 비의가 숨겨져 있는지 어떤지가 밝혀질 때까지는. 그림을 당장 되돌려 보내는 일은 이래저래 아무래도 더 신중을 기해야 할 일이었다.

그런데 그런저런 선생의 일에 대한 생각은 동행을 해온 백야 역시 마찬가지던 모양이었다.

"생각할수록 아슬아슬한 시기에 큰 짐을 벗은 셈이구먼. 일이 이리 되고 보니, 그때 그림을 돌려 드리러 가지 않았으면 두고두고 그저 마음의 짐으로 남게 되었을 거 아니여……."

돌아오는 차 속에서 내 곤혹스런 심사를 위로하듯 백야가 긴 침묵 끝에 던져 온 소리였다. 나 또한 그 백야의 심중을 헤아리지 못한 바 아니었으나, 거기 좀 더 솔직한 생각을 듣고 싶어졌다.

"내 마음 빚은 용케 때를 맞춰 벗었지만, 그 통에 애꿎은 그림만 한 점 더 사라지게 됐는걸 뭘. 가만히 있었으면 그거라도 남는 건데……."

"그 대신 새 그림을 한 점 그려 받지 않았나. 마지막으로 옛날 그림 보고 가게 해 드리고, 이쪽에선 유일하게 새 그림을 그려 받았으니 양쪽이 서로 두루 잘된 일 아니여? 헌데 그 양반 무슨 생각으로 작품들을 모두 없애고 가신 거지? 그림들도 다 저세상으로 함께 가지고 가신 건가?"

부러 좀 애석해하는 듯한 내 엇비낀 소리에, 백야도 한 번 더 시치밀 떼 보는 소리였다. 하지만 그 백야로서도 자신의 말대로 선생이 그림을 없애고 간 일만은 짐작이 그리 쉽지 않았을 터이므로 거기 대해선 내가 다시 심중의 소리를 몇 마디 덧붙이지 않을 수 없었다.

나는 근년 들어 지관 선생의 그림이나 삶의 변화에 관심이 다시 기울기 시작하면서 전날의 ㅈ 화백 대신 이번에는 새삼 그 도미에라는 옛 프랑스의 화가를 자주 머리에 떠올리게 되곤 했었다. 선생이 옛날 깊이 심취했던 사람인 데다, 그 천재성과 파란 많은 생애에도 불구, 그의 본격적인 회화 작품들은 생전에 빛을 못 보고 간 사실 때문이었다. 거칠게 말해서 지관 선생의 삶은 일생 그 도미에식 갈등으로 일관하다 말 것인가. 아니면 그것을 넘어설 어떤 전환이 가능할 것인가. 가능하다면 그것이 어디서 어떤 전기로? 그런 민망스런 궁금증과 기대가 그의 그림에 대한 변화의 기대와 함께 나를 꽤 조바심치게 해온 것이 사실이었다. 그런데 선생은 그 마지막 순간에 그의 그림과 삶의 흔적들을 스스로 모조리 지우고 감으로써 어렴풋이나마 내게 그 해답을 준 셈이었다. 선생은 그것으로, 사후에나마 결국 작품의 성가를 얻게 된 도미에와 본질적으로 길을 달리하면서 그를 일순에 뛰어넘어 버린 것이었다.

"그 양반 자신의 그림과 삶을 철저한 과정으로만 살고 가신 때문이었겠지. 그 점에서 당신이 늘 마음속에 품어 온 도미에란 사람을 넘어설 수가 있었구. 자기 그림의 평가를 후세에 맡기고 간 도미에란 사람은 그림을 삶의 과정으로서가 아니라 승부의 목적으로 삼았던 셈이거든…… 선생은 끝내 자신의 그림에마저 얽매이지 않은 자유로운 삶을 살고 가신 거지."

백야는 역시 이해가 빠른 사람이었다.

"자신의 그림을 다만 자유로운 삶의 과정으로만 끝맺음하려 했다면, 게다가 그게 자기 그림으로부터의 해방을 위한 결단이었다면 자네한텐 또 무슨 생각에서 그 소 그림을 남기셨지? 무심스런 실수로 그랬을 것 같지는 않은데 말여. 자네한테 유일한 유작을 지니는 행운을 주시려고?"

그가 다시 내 정곡을 찌르고 들었다. 나는 그 앞에 좀 더 솔직해지지 않을 수 없었다.

"글쎄, 나도 지금 그 점을 궁금해하고 있던 참이라네. 그 속 곡절을 분명히 알 수가 없으니 그림을 어떻게 처분해야 할지도 알 수가 없거든."

"그림을 처분하다니?"

"내게 그 그림을 새로 그려 남겨 준 확실한 사연은 잘 알 수가 없지만, 그게 소를 그린 그림이라는 건 당신이 마지막까지 그 자기 소에 매달려 있었다는 뜻이 될 수도 있겠지. 거기다 당신이 자기 그림을 삶의 과정으로서만 깨끗이 마감해 버리고 싶어 한 것은, 어찌 보면 그 자신이 당신의 소에 대해 끝끝내 절망을 하고 있었다는 뜻이 될 수도 있겠구. 다시 말해 그게 그의 그림이나 삶에 대한 절망과 실패의 괴로운 자기 증거라도 된다면…… 나는 선생을 위해 이 그림도 그의 다른 그림들처럼 세상에 계속 남겨 둘 수가 없는 일이 아닐까. 한번 들춰 보고 내던져 버리라던 그때의 말 뜻 그대로…… 선생의 참뜻이 정말로 그런 데에 있었다면……."

"결국 그 소 그림의 성패 정도가 문제겠군."

백야는 이제 사정을 분명히 이해한 듯 그 한마디로 그만 입을 다물어 버렸다. 그런데 그 백야의 간단한 한마디는 이심전심 우리가 해야 할 다음 일을 대신 확인시켜 주고 있었다.

우리는 그 숙제의 결론을 미룬 채 그것이 우리의 당연한 소임이
자 절차이듯 선생의 마지막 그림이 보관된 우리 집 쪽으로 말없이
차를 몰아 달려갔다. 그리고 우리가 집까지 당도하여 선생의 그림
을 서둘러 앞에 하게 되었을 때 뜻밖에 백야가 나에 앞서 그 해답
을 찾아내고 있었다.

"이 소 그림 바로 그 양반 자신을 그린 거구만 그래. 그때 차를
모느라 제대로 볼 수가 없었지만, 이 얼굴의 표정이나 분위기가
영락없이 그 양반 그대로 아니야?"

과연 그러했다. 그때는 나 역시 오랜 선입견에 젖어 온 눈길에
다 심사까지 워낙에 불편해 있었던 탓으로 그것을 깨달을 수가 없
었는지 모른다. 그리고 이날도 그런 나보다는 삼자 격인 백야의
눈이나 느낌이 훨씬 더 신선했던 탓인지 모른다.

백야의 소리에 그림을 다시 보니 과연 그의 말 그대로였다. 거
기에 정말로 소의 모습을 한 지관 선생의 얼굴이 숨어 있었다. 그
것도 그 옛날의 충동적인 힘과 고통스런 몸부림기 같은 것이 완전
히 가셔진 온화한 모습 속에 선생이 마치 그 깊은 영혼의 눈길로
자신을 응시하듯 조용히 나를 바라보고 있었다. 선생이 마침내 자
신의 아호처럼 지관(止觀)의 경지에 도달한 격이랄까. 그래 그 자
신의 소고삐를 바투 틀어쥐고, 자신과 그 소가 하나로 다시 태어
난 격이랄까. 아니 거긴 이제 지관 선생도 소도 아닌 그 자신과 소

를 포함한 모든 삶의 영욕과 질곡의 끈을 넘어선 자유로운 영혼의 얼굴이 초상되어 있었다.

하여 나는 비로소 볼 수가 있었다. 삶과 죽음의 경계마저 무심히 넘겨보고 있는 듯한 그 그윽하고 묵연스런 눈길, 맹렬한 연기와 불꽃이 사위고 난 모닥불의 은근한 연소와도 같은 그 영혼의 응시 속에 새롭게 태어난 그의 삶과 예술의 빛을. 그리고 또한 역력히 들을 수 있었다. 그 혼돈스럽고 고통스런 소용돌이를 안으로 깊이 삼킨 채, 여전히 질펀하고 거대한 흐름을 지어 흘러가고 있는 그 〈홍수 뒷날〉의 힘찬 강물처럼, 선생의 묵연스런 침묵 속을 굽이쳐 흐르는 천지개벽과도 같은 우렁찬 영혼의 울림 소리를.

내 숙제의 해답은 자명해진 셈이었다. 무엇보다 그 그림 속 소의 얼굴이 선생 자신의 얼굴이라면, 지관 선생 자신이 이 세상의 유일한 존재였듯 그의 소 그림 또한 세상에서 유일한 것이었다. 뿐더러 인간의 삶이고 그림이고를 막론하고 유일한 것은 마땅히 세상에서 오래 기억될 가치가 있었다. 진정한 예술 작품은 바로 그 하나뿐인 것으로 우리에게 더욱 오래 기려질 값을 지니는 것이었다. 더욱이 그것이 우리가 새로 만난 귀한 자유인의 힘찬 넋이 담겨진 것일진대.

"선생이 원했든 원하지 않았든 이 그림 함부로 처분할 수 없겠구만. 사모님하고도 근간 한번 의논을 해야 할 것 같고……."

나는 비로소 그 마지막 숙제의 짐을 벗는 기분에서 모처럼 확신에 찬 소리로 말했다.

"우리의 삶이나 정신의 자유가 담긴 작품이라면 누구도 훼손할 권리가 없으니까."

하니까 백야 형도 금세 그런 내 심중을 알아차린 모양이었다. 위인 역시 아직 그 그림 쪽에 계속 눈길이 끌어 매인 채 재물에 한두 차례 고개를 끄덕이고 나서, 그러나 그 짓궂은 험구기가 꿈틀대기 시작한 듯 짐짓 더 정색스럽고 아쉬운 미련기가 담긴 어조로 능을 쳐 오고 있었다.

"허, 그거야 그림 임자 맘대로겠지. 허지만 이번엔 대신으로 바꿔 올 새 그림도 없을 텐데? 그것도 이젠 그저 마지막 한 점의 값이 아니라 그 양반의 생애와 예술 전체가 담긴 대표작이 된 격인데. 그거 아무래도 좀 아까운 노릇 아닐까…… 내 모른 걸로 해두고 허물하지 않을 테니, 좀 더 놔두고 신중히 생각해 보지 그래. 허헛!"

이청준 문학 전집(중단편 소설6) 「시간의 문」, 열림원, 2000.

매잡이

    지난봄 갑자기 세상을 등지고 만 민태준 형은, 그가 이승에 있었다는 흔적으로 단 한 가지 유물만을 남겨 놓고 갔었다. 아는 이는 다 알고 있는 일이지만 그것은 별로 값지지도 않은 몇 권의 대학 노트로 되어 있는 비망록이었다. 우리는 그가 원래 시골집에 논 섬지기나 땅을 가지고 있었고, 처신에도 별로 궁기를 띠지 않았기 때문에 설마 옷가지 정도는 정리할 게 좀 남아 있으리라 생각했지만 사실은 그게 아니었던 것이다. 하지만 민 형의 임종 순간이 노트 몇 권밖에 남길 수 없을 만큼 비참한 것은 물론 아니었다. 나이 서른넷이 되도록 결혼 살림도 내 보지 못한 민 형은 모든 것을 미리 알고 주변을 말끔히 정리한 다음 스스로의 임종을 맞았으리라는, 어쩌면 그 임종은 민 형 자신에 의해 훨씬 오래전부터 미리 계획되고 준비된 것인지 모른다는 주위의 추측이 유력했던 것이다. 하고 보면 그의 유품인 비망록은 그가 간 뒤에도 세상에 남겨 두고 싶은 유일한 소지물이었음이 틀림없었을 거라고들 했다.

한데 그가 죽은 뒤로 친구들을 가장 놀라게 한 것은 바로 그 초라한 유품 비망 노트였다. 이것도 웬만한 친구들 사이에는 잘 알려진 일이지만, 민 형은 소설을 한 편도 쓰지 않은 소설가로 통하고 있었다. 소설을 쓰다가 그럴 만한 사정이 있어 작품 활동을 중단했다든가, 무슨 문예 잡지의 추천 같은 것을 받았다든가 하는 일도 없는데 이상하게 우리는 그를 소설가로 불러 왔던 것이다. 그리고 그 자신도 우리가 그렇게 불러 주는 것을 전혀 불쾌해하지 않고 오히려 당연한 것처럼 여겼었다. 이유가 있기는 했다. 민 형은 언제나 소설에 대해서 열심히 생각하고 있었고 또 우리와 소설에 대해 많은 이야기를 했다. 그러나 가장 중요한 것은 그가 소설을 쓰려고 언제나 마음을 벼르고 있었다는 것이다. 그야 그는 소설을 벼르기만 했지 실제로 그것을 쓰고 있는 것 같지는 않았다. 하지만 언젠기는 필경 소설을 써 내고 정말 소설가가 되고 말 것처럼 그는 소설에 대해 열심이었다. 우선 자기를 소설가라고 불러 주는 일을 아무렇지도 않게 여겨 온 것부터가 그런 증거였다. 이것은 민 형에게 썩 중요한 일면이기도 하지만, 그는 한번 어떤 식으로 자기를 규정하고 나면 그것을 아주 사실로 받아들여 놓고 다시는 의심조차 해 보지 않으려는 엉뚱한 구석이 있었다. 민 형이 자기를 소설가로 믿어 버린 것은 그의 그런 엉뚱한 성미 탓이 아닌가도 생각되었다.

하여튼 민 형은 그렇게 우리들의 기대를 받으면서 소설을 열심히 생각하고 이야기하고 그리고 쓰려고 늘 때를 벼르고 있었다. 하지만 그것만으로는 우리도 물론 그를 정말 소설가라고 하지는 않았을 것이다. 실제로 작품을 내놓지 않은 민 형에게 그런 말은 참을 수 없는 비웃음으로 들릴 수 있으리라는 짐을 우리는 알고 있는 터였으니 말이다. 한데 우리가 그를 그냥 소설가로 마음 편히 부를 수 있었던 가장 좋은 구실은 그가 1년에 몇 번씩이고 어디론가 취재 여행을 하고 돌아온다는 점이었다. 실제로 작품을 쓰고 있는 우리들도 취재 여행은 그렇게 간단히 나다니질 못하고 있는 터에 민 형은 만사를 제쳐 두고 자주 그런 일을 찾아다니곤 하였다. 별로 하는 일도 없이 하숙방에서만 지내던 민 형이 며칠 집을 비우고 없으면 그때는 영락없이 취재 여행 중이었다. 그러나 여행을 갔다 와서도 민 형은 그리 자세한 이야기를 하지 않았다.

"창원군 ×마을에 재미있는 이야기가 있다기에 가 봤더니 차비 손해 봤다는 생각은 안 들더구먼."

그 정도로 말꼬리를 감추고는 그저 비실비실 웃을 뿐이었다. 나중에 알고 보니 그 여행 때문에 사실은 민 형의 시골집 땅뙈기가 다 날아갔다는 소문이었다. 하지만 민 형은 그 숱한 취재 여행의 어느 것 다음에도 정말 작품을 내놓지는 않았다. 소설을 쓰고 있는 눈치도 없었다. 그러다 그는 죽어 버린 것이다. 그가 죽은 것도 병 때문이 아니었다.

그 무렵 민 형은 결핵으로 조금씩 각혈을 하고 있기는 했었다. 그러나 우리는 그에게 별로 낙망할 필요는 없다고 수없이 위로를 했고, 또 사실 각혈 정도의 결핵이라면 요즘의 의학이 충분한 구제의 가능성을 가지고 있었다. 한데도 그는 스스로 목숨을 끊어 버린 것이다. 아마 그 경우에도 자기는 이제 정말 난치의 병에 붙들려 버린 것이며 머지않아 자신은 흉한 시체가 되리라고 단정하고, 그가 단정한 것이면 무엇이나 재빨리 그 상태가 되어 버리고 싶어 하는 그의 성미대로, 민 형은 곧장 목숨을 끊어 버린 것이라 생각되었다. 그러니까 모든 죽음이 그렇듯이 그의 죽음에 대한 좀 더 중요한 부분은 전혀 알려진 바가 없는 셈이었다. 그런 가운데도 민 형이 죽은 뒤에 그가 남긴 조그마한 비망록이 친구들을 놀라게 했다는 것은 거기에다 그가 취재 여행에서 수집해 놓은 소재들이 참으로 진기하고 귀중한 것들뿐이기 때문이었다. 전에는 소문으로밖에 별로 내용에 관해서 알려진 바가 없었던 몇 권의 비망록은, 그런 수많은 소재들에 관한 현지 답사, 문헌 조사, 상상 그리고 의문점 들로 가득 차 있어서 취재 메모라기보다는 차라리 연구노트 같은 것이었다. 그것은 대개는 산간벽지에 파묻혀 있거나 이미 사라져 없어진 민속, 설화, 명인 거장 같은 것들에 관한 것이어서 지극히 얻기가 힘든 자료들일 뿐 아니라, 그것을 취재하는 태도도 족히 그 방면에 일가를 이룬 전문가의 면모를 엿보이게 하는 데가 있는 것이었다.

서커스 줄광대라든가 남해 고도의 어떤 늙은 나전공(螺鈿工), 또는 전라북도 어떤 정자(亭子)에 사는 여자 궁사(女子弓師)들의 이야기 같은 것들은 자료를 읽어 나가는 것만으로도 금방 어떤 작품의 윤곽이 잡히는 것이었다.

그러니 안다깝게도 민 형은 그 어느 하나도 작품으로 다듬어 내지를 못하고 만 것이다. 마치 그는 작가가 되는 것이 도저히 불가능하다는 내심의 깊은 절망을 달래기 위해 그의 일은 작품의 자료를 수집하는 것만으로 만족하려고 애를 쓰고 있었던 것처럼 그 자료만 수집하고 다녔던 것이다. 적어도 민 형을 알고 있는 우리 친구들은 그렇게 생각하고 있었다.

그러나 사실은 그렇지 않았다. 민 형은 한 편의 소설도 쓰지 않은 소설가는 아니었다. 그에게는 꼭 한 편, 그것도 우수한(내 생각으로는) 작품이 있는 것이다.

이제 나는 여기서 사실을 고백해야 할 것 같다.

실상 앞에 말한 모든 이야기는 지금 내가 말하려는 고백을 전제하면서 지금까지 주변에서 생각되고 있었던 사실들을 그대로 적었을 뿐인 것이다. 그리고 이것은 나 자신으로서는 그런 것들에 좀 더 많은 것을 알고 있다는 말이 되겠다. 그것은 사실이다. 그리고 그렇다는 것을 나는 바로 오늘 아침에 알게 된 것이다.

아마 이 글을 읽는 사람은 「매잡이」라는 이 이야기의 제목이 눈에 익은 것을 먼저 알 것이고, 좀 더 주의 깊게 생각했다면 나의 이름으로 발표된 소설 중에 이미 그런 제목이 하나 있었음을 기억해 냈을 것이다. 그리고 왜 같은 제목으로 또 이야기를 시작하는가 의심했을 것이다. 그러니까 「매잡이」라는 제목의 글은 이것으로 두 번째가 되는 것이다. 한데 한꺼번에 고백을 하자면 이 「매잡이」라는 제목의 글이 이번으로 세 번째가 된다는 것을 말하지 않을 수가 없다. 앞서 말한 대로 벌써 발표한 「매잡이」와 지금 이 글을 합한 두 편은 물론 나의 것이다. 거기에 또 한 편이 있다는 말이다. 그래서 모두 세 편이라는 것이다. 그렇다면 그 다른 하나는 누구의 것인가— 그것이 바로 작고한 민태준 형의 것이다. 그것을 나는 오늘 아침에 비로소 나의 책상에서 찾아내게 된 것이다. 그것은 물론 아직 세상에 발표된 것은 아니다. 민 형이 소설을 한 편도 쓰지 않은 소설가가 아니라는 것을 안 것도 오늘 아침이었고 그 때문에 나는 다시 이 세 번째 「매잡이」라는 제목의 글을 쓰게 된 것이니까.

하지만 이 세 편의 소설은 사실 거의 같거나 비슷비슷한 것들이다.

이제 나는 민 형의 그 기이한 소설이 어떻게 나에게로 들어오게 되었는가 하는 경위를 밝혀야겠다. 민 형의 죽음이나, 어째서 두 편의 같은 소설이 생겨났고, 거기다 또 내가 비슷한 소설을 하나 더 쓰려고 하는가는 거기에서 대강 이유가 밝혀질 수 있으리라 믿는다. 그러자면 먼저 제일 첫 번의 나의 「매잡이」가 씌어지게 된 경위부터 이야기를 시작해야 할 것 같다.

지난봄, 어느 날 나는 잠깐 나를 보고 싶다는 엽서를 받고 민 형을 찾은 일이 있었다. 물론 그전에도 나는 자주 민 형을 만났고, 그기 결핵에 대해 가지고 있는 지나친 질망감을 덜어 주려고 애를 써 왔기 때문에 그날의 엽서는 나에게 퍽 이상한 느낌이 들게 하고 있었다. 그러나 나는 나를 맞는 그의 첫마디에서 약간 안심을 할 수 있었다. 그의 얼굴이 전보다 훨씬 창백해진 듯했지만 그는 그런 것은 별로 의식하고 있지 않은 사람처럼 퍽 차분하고 사무적이었다.

"잘 와 주었어. 좀 상의할 일이 있어서. 자네 작업에 도움이 될 것 같은 일인데."

어둡거나 초조한 빛이 조금도 없는 태도였다.

"무슨 횡재라도 할 땡순가?"

그가 단도직입으로 용건부터 꺼냈으므로, 나는 여느 사람을 만난 것처럼 그즈음 민 형의 건강을 묻지도 않고 바로 그 일이라는 것에 관심을 보였다. 그러자 그는 오히려 너무 중요한 일을 서둘러서 안됐다 싶은 듯 다리를 꼬고 앉으며 차분한 소리를 했다.

"저, 내가 아마 여행 다닌 얘기를 제대로 들려준 일이 없지?"

"왜?"

오히려 여유를 갖지 못한 것은 내 쪽이었다. 나는 별로 생각을 하지 못하고 그렇게 반문했다.

"왜라니?"

"그것은 터부였으니까. 자네가 여행 이야길 들려주지 않는다는 것은 이제 우리에겐 너무도 당연한 것으로 되어 있거든."

나는 엉겁결에 내뱉은 '왜'에 대해 변명하고 있었지만, 말해진 것은 또 그것대로 사실이기도 하였다. 민 형이 비로소 조금 허탈스럽게 웃었다. 그러고는 아까부터 베개 부근에 펼쳐져 있던 노트를 끌어당겨 내 앞으로 밀어 놓았다.

"아마 자넨 요즘 소설을 너무 많이 써 버려서 이야기 밑천이 동이 나고 말았을 테지."

나는 그의 말에 귀를 세우며 눈으로는 그 노트를 쫓고 있었다. 그것은 민 형이 아직 한 번도 보여 준 일이 없는 여행 비망록이었다. 메모지를 다시 정리하여 적은 듯한 노트는 마치 중학생 수학 공책처럼 가로세로 깨알 같은 글씨가 빼곡히 들어차 있었다. 말하자면 그것은 민 형이 자신의 한계에서 완성해 놓은 작품이라는 생각이 드는 그런 것이었다.

그러나 잠시 후에 나는 비망 노트를 내려놓고 민 형을 건너다보았다. 갑자기 기분 나쁜 연상이 떠올랐기 때문이었다. 이 친구는 도대체 어쩔 심산인가. 사실 나는 작품의 소재에 빈곤을 느낄 때 그것이 무진장히 쌓여 있을 민 형의 취재 노트를 그려 본 일이 여러 번 있었다. 그리고 그때마다 나는 영원히 한 편의 소설도 쓰지 못하고 말 민 형을 상상했다. 그런 생각에 젖다 보면 나는 마지막까지 잔인해지고 마는 것이었다. 민 형으로부터 테마와 소재들을 얻어 내고, 그리고 그렇게 하는 데 민 형이 즐거움을 가져 줄 수 있다면…… 그러나 물론 그런 망상이 오래가지는 않았다.

"소재 중에서 꼭 하나 소개해 주고 싶은 게 있어."

나의 어렴풋한, 그리고 두려운 예감은 맞아 들어갔다. 민 형은 나에게 말하고 나서 나의 속셈을 환히 들여다보고 있는 것처럼 덧붙여 왔다.

"하지만 소개뿐이야. 내가 알아본 것을 다 얘기해 주면 소재를 파는 꼴이 되고 말 테니까."

그리고 그는 그 소재를 꼭 나에게 한번 다루어 보게 하고 싶다면서 아마도 내가 거기에 대해 조금만 조사를 해 보면 가만히 둬도 쓰지 않고는 배겨 나지 못하리라는 지레 장담을 덧붙여 보이기까지 하였다. 그리고…… 그러면서 그는 나에게 그 비망록 중의 한 대목을 가리켰다.

하지만 나는 그날 민 형의 집을 나오면서도 내가 끝내는 전라북도 어느 산골 촌락으로 여행을 떠나게 되리라는 사실 이외에는 모든 것이 아직 불확실한 상태였다. 그가 소개해 준 소재라는 것은 결국 그 지방 어느 마을에 살고 있다는 '매잡이'에 관한 것이었는데, 사실 나는 그의 기대와 달리 썩 호감이 가는 데가 없었다. 거기다 민 형은 처음 다짐대로 자신의 답사 과정이나 내용에 대해서는 전연 이야기를 하지 않았으므로 나는 심사가 더욱 막연할 뿐이었다. 나는 그가 건네준 여행 차편과 취재 요령 따위가 적힌 메모지를 아무렇게나 주머니에 쑤셔 넣고 돌아오면서도 그것으로 소설을 쓰게 되리라는 생각은 들지 않았다. 그리고 왜 구태여 그가 나를 택해 꼭 그곳으로 가라고 하는지, 또 어떻게 민 형이 나에 관해 그토록 모든 것을 확신해 버리는질 알 수가 없었다. 그러나 하여튼 가지 않을 순 없었다. 이상하게도 그의 권유는 나에게 어쩔 수 없는 부채처럼 나를 강제해 왔고, 더욱이 내가 이야기에 반신반의하는 얼굴을 보고 민 형이 미리 마련한 여행 비용을 꺼내 놓았을 때는 더 시들한 대답만 하고 있을 수가 없었다. 한사코 사양하고 싶은 그 여행 비용마저 결국엔 주머니 속에 그대로 넣고 나오게 만든 민 형의 고집이었으니까.

"내겐 이제 돈 같은 건 필요 없어. 아마 없게 될 거야."

그는 부득부득 돈을 떠맡기면서 아주 여유만만하게 웃었다. 나는 이제 거의 바닥이 났을 법한 그의 시골집 형편과 병세를 생각했으나 그는 정말 이제 돈이 필요 없는 사람 같은 얼굴을 했다.

결국 나는 다음 날로 곧 길을 나섰다. 민 형이 될 수 있으면 빨리 다녀오기를 원하기도 했지만, 어차피 다녀와야 할 형세이고 보면 하루라도 일찍 길을 나서는 편이 나을 듯싶었기 때문이었다. 하지만 아직도 그 산골 마을에 무슨 기대를 가질 수는 없었다. 다만 한 가지 궁금한 일이 있기는 했다.

116

민태준—이라는 인물. 도대체 이 친구가 흐느적거리며 돌아다닌 행적이 어떤 것인지. 이번 기회에 그것을 좀 알아보고 싶었다. 그가 찾아간 마을에서, 그가 만나 온 사람들에게서, 그가 무엇을 어떻게 조사하고 돌아다녔으며 그 사람들의 눈에 비친 민 형이 어떤 인물이었는가를 알아보고 싶었다. 그것은 썩 재미있는 일일 듯했다. 왜냐하면 정말로 민 형의 취재 여행이 우리에게는 완전히 안개 속이었고, 어떤 것은 정말 금기에 속하고 있었기 때문이다. 그러니까 그 여행은 결국 민 형이 처음에 기대했던 것과는 달리 오히려 민 형 자신의 행적이 일차적 관심사가 되고 만 셈이었다.

그리고 그래 나는 결국 민 형이 소개하고 싶다던 '매잡이'에 관해서는 거의 아무것도 생각하는 것이 없이 바로 이튿날로 그 전라도의 산골 마을을 터덜터덜 혼자 찾아들게 된 것이다……

그러나 마을로 들어간 바로 그날부터 나는 갑자기 긴장을 하지 않을 수 없었다. 그리고 나는 민 형이 어쩌면 모든 것을 미리 알고 나를 때맞춰 그곳으로 보낸 것 같은 생각까지 들었다. 마을에는 '매잡이'의 사건이 나를 기다리고 있었던 것이다. 매잡이—.

내가 「매잡이」라는 제목으로 최초의 소설을 쓰게 된 경위는 그 동기가 대략 그런 식으로 발단한 일이었다.

마을은 사방이 산으로 둘러싸인 진짜 산골이었다. 동남북 세 방향이 재를 넘게 되어 있고, 다만 서쪽 한 곳만이 계곡을 타고 마을로 들어가게 되어 있었다. 내가 마을을 찾아 들어간 것은 동쪽의 새머리재를 넘어서였다. 재를 올라설 때까지도 나는 마을이 도대체 어느 골짜기에 숨어 있는지를 짐작할 수 없었고, 더욱이 마을 남쪽으로 솟은 봉우리가 북쪽 재 너머로 겹쳐 보였으므로 나는 아직 몇 개의 산을 더 넘어야 하느니라 싶었다. 한데 고개를 올라서 보니 마을은 바로 발 아래였다. 마을이라기엔 좀 뭣한 데가 있을 만큼 40호 가량의 초가집들이 산비탈을 타고 버섯처럼 돋아나 있는 작은 산촌이었다. 그나마 서쪽으로 뻗어 나간 분지형의 평지는 논을 일구느라 집을 짓지 않고 있었다. 그러나 그것이 민 형이 말한 마을임엔 틀림이 없었다. 버스에서 내려 걸은 시간이 비슷했고, 또 그가 메모해 준 마을의 지세가 걸맞은 데가 많았다.

나는 고개 위에 벌렁 드러누워 담배를 한 대 피워 물었다. 아마 폐가 나쁜 민 형도 이곳을 왔을 때는 이 고개에서 숨을 가라앉혔으리라 생각하면서 나는 잠시 묘한 감회에 젖고 있었다. 그러다 나는 문득 한 집을 찾기 시작했다. 며칠 밤을 지낼 잠자리를 얻을 수 있을 것 같지가 않아 보여서였다. 며칠이라고 한 건 민 형의 말이지만 적어도 오늘만은 이 마을에서 밤을 지내야 할 형편인 것이 분명했다. 민 형이 미리 일러 준 집이 있기는 했다. 그러나 그 버섯 같은 집들 사이에는 도대체 사랑채고 뭐고 따로 방을 내고 있을 형편이 되어 보이질 않았다.

─민 형이 반병중에 며칠을 묵은 마을에서 설마.

나는 결국 설마에 맡겨 버리고 속 좋게 담배 연기만 뿜어 올리고 있었다. 고개에서는 긴 봄 해가 이제 빛이 엷어지고 있었지만 마을엔 벌써 산 그림자가 드리워진 지 오래였다. 그러고 누워 있으려니 나는 자신의 행색이 새삼 우스워졌다. 꼭 민 형의 장난에 속아 넘어간 것 같기만 했다. 저 조그만 마을에서 매잡이고 뭐고 이야깃거리가 있을 게 뭐냐. 어차피 내가 관심을 가지고 있었던 것은 이 마을의 매잡이가 아니라 민 형의 기이한 행적이 아니더냐…….

저녁 연기가 걷히고 나서 마을이 방금 밤의 정적 속으로 가라앉기 시작할 무렵에야 나는 고개에서 내려와 마을로 들어갔다. 밤눈에 보아 그런지, 아니면 도회의 고층 건물에 익어 온 눈으로 모처럼 초가 마을을, 그것도 멀찍이 고개 위에서나 보고 내려와 그런지, 아까는 그렇게 초라하고 납작해 보이던 집들이 마을로 들어서 보니 제법 처마들이 키를 넘고 마당들도 꽤 널찍널찍했다. 나는 길목에서 한두 사람을 마주쳤으나 말을 건네 볼 생각도 없이 한참 동안 골목길을 오르락내리락하고 있었다. 그러다가 아주 저녁 기운이 살에 배어 들기 시작할 즈음에야 골목을 내려오는 사내 하나를 붙잡고 민 형이 일러 준 소년의 이름을 대었다.

"중식이네가 자는 방이 어디지요?"

사내는 낯선 목소리에도 알아볼 만한 사람으로 여겼던지,

"누군가?"

퍽이나 친근한 목소리로 물으며 다가와서는 어둠 속으로 이윽히 나를 들여다보았다. 그러고는 잘 생각이 나지 않는 듯, 그러나 우선 말대꾸를 고쳐 해야겠다고 생각한 듯 갑자기 정중한 태도로 말해 왔다.

"어이쿠, 이거 실례했습니다. 난 아는 사람인가고⋯⋯."

그러고는,

"그놈들 자는데⋯⋯ 일루 오십시오."

앞장을 서서 내려오던 길을 내처 걸어 내려가더니 집들이 끝나는 데까지 와서야 걸음을 멈추었다.

"저 밭 건너에 집이 한 채 있지요? 바로 그 집입니다."

호롱불에 창호지 창문만 희미하게 드러나 보이는 집을 가리켰다.

"고맙습니다. 예까지 일부러."

"아닙니다. 저⋯⋯."

사내는 그러나 잠시 무슨 말을 입속에서 망설이고 있는 듯하다가는 그것을 금방 잊어버린 듯,

"그럼 어서 가 보십시오."

하고는 길을 되돌아가 버렸다. 나는 돌아서서 그 불빛을 표적으로 밭둑길을 더듬더듬 걸어 건너갔다. 가까이 가서 보니 호롱불이 내비치고 있는 창호지 문은 정말 민 형의 말대로 조그만 별채의 것이었고, 그 곁에는 불도 켜지 않은 본채가 벌써 시커멓게 잠이 들어 있었다. 사랑방으로 쓰인다는 그 별채의 방문 앞으로 갔으나

안에서는 아무 기척도 없었다. 나는 잠시 기색을 살피다가 가만가만 몇 번 방문을 두드렸다. 그래도 안에서는 대답이 없었다— 불은 켜 있는데. 다시 귀를 문에 대고 동정을 살폈다. 마루가 없이 바로 문지방으로 올라서는 방이었으므로 거기서 나는 바로 창문 하나를 사이에 두고 서 있었다. 가만히 들어 보니 안에선 가는 숨소리가 새어 나오고 있었다. 누군가 잠을 자고 있는 모양이었다. 안 되었지만 할 수 없이 문을 당겨 보았다. 문은 쉽게 열렸다. 갓 열 살쯤 됐을까 말까 한 소년이 시커먼 배를 내놓고 모로 잠이 들어 있었다. 민 형이 일러 준 소년은 아닌 성싶었다. 중식은 오히려 성년티가 나는 아이라고 했다.

"애, 애."

불의의 틈입자처럼 나는 가슴을 두근거리며 가만가만 소년을 불렀다. 그래도 소년은 끄떡이 없었다. 다시 어떻게도 할 수 없게 된 나는 에라 모르겠다 하고 신을 벗고 방으로 들어섰다. 그러고는 냅다 소년을 흔들어 깨웠다. 소년은 응응 볼멘소리를 하며 일어날 듯 몸을 뒤치더니 손을 떼자마자 이내 반대쪽으로 몸을 꼬며 다시 식식 숨소리를 높여 버렸다. 할 수 없이 소년을 버려 두고 담배를 피워 물었다. 언제쯤 오게 될는지 모르지만 그냥 중식을 기다리는 수밖에 없었다. 불을 켜 놓고 놈이 자는 걸 보면 중식이란 놈이 필경 오긴 올 모양이었다. 하지만 그러고 한참 앉아 있자니 다시 짜증이 났다. 중식이란 놈은 영 소식이 없었다. 밤이 깊어지니 이제는 녀석이 아주 나타나지 않을지 모른다는 생각마저 들었다. 밤은 풀벌레 소리조차 들리지 않았다. 나는 생각 끝에 소년을 다시 흔들었다. 이번엔 녀석이 깨어날 때까지 계속해서 흔들어 댔다. 그제야 소년은 몇 차례 짜증스런 앙탈 끝에 겨우 눈을 떴다. 눈을 뜨고도 놈은 아직 나의 형체가 흐려 보인 듯 한참이나 눈알만 멀뚱거리고 있었다. 그러다간 이윽고 어어 하고 이상한 감탄사 같은 소리를 하며 부스럭부스럭 몸을 일으켜 앉았다.

"누구요—?"

'요' 소리를 빼며 묻고 나더니 소년은 비로소 나의 윤곽이 완전히 들어온 듯 다소 경계의 빛을 띠기 시작했다.

"나 중식일 찾아온 사람인데 중식인 어디 갔니?"

나는 소년을 안심시키기 위해 재빨리 말했다.

"중식이요?"

소년은 뭔가 잘 생각이 나지 않은 듯 다시 한참 멀뚱거리더니 겨우 짐작이 지펴 오는 듯, 그러나 나의 물음은 아랑곳도 하지 않은 채 새삼 주위를 두리번거리며,

"어이…… 아직도 안 왔어? 또 밤을 새우는게비."

하고는 늘어지게 하품을 했다. 나에 대한 경계를 풀어 버린 모양이었다. 그래서 나는 겨우 중식의 행방을 짐작했다. 소년의 말론 중식이 어디론가 가서 자주 밤을 새우고 돌아오는가 보았다. 그러나 녀석은 이제 더 이상 도움이 될 것 같지 않았다.

중식이 지금 어떤 집 헛간청에 들어박혀 있으리라는 것만을 알아내는 데도 퍽 애를 먹었다. 소년은 늘 나의 질문을 잊어 먹었고, 또 경계심을 풀어 버리고 나서는 잠 기근에 오래 시달린 사람처럼 자꾸 잠으로 빨려 들어가려고 했으므로 나는 재빨리 말을 쏘아 대어 겨우겨우 그 행방을 알아낼 수 있었다. 우선 중식 소년을 만나고 볼 일이었다. 녀석에게선 그가 헛간으로 가서 밤을 새우는 연유까지는 알아낼 가망이 없었다. 그래서 나는 녀석에게 그 중식이 있는 곳을 좀 같이 가 보자고 했다. 처음엔 달래고 나중에는 마구 녀석을 윽박질렀다. 그렇게 할 수밖에 도리가 없었다. 그러자 마지못해 자리를 일어선 소년은 그럴 테면 차라리 저 혼자 밤길을 갔다 오겠다고 했다. 그리고 어떻게 알아보았는지 문을 나선 소년이 이렇게 투덜거리는 소리가 들렸다.

"서울 사람은 오기만 하면 그 새끼만 찾아⋯⋯."

나는 그 말을 듣고 나서야 겨우 서울의 민 형을 생각했다. 사실 나는 그사이 난처한 처지 때문에 바로 이 방이 민 형이 며칠 묵었다는, 그리고 내가 바로 그곳에 지금 와 있다는 것이, 깊고 깊은 산골이라는 점에서는 인연일 수도 있다는 사실을 까맣게 잊어버리고 있었다. 나는 비로소 방구석 어디에 아직 민 형의 흔적이 남아 있기라도 한 듯 눈을 두리번거렸다. 그러다 방바닥에 벌렁 드러누워 민 형을 생각했다. 아까 마을로 들어와서부터 지금까지 보아 온 것, 이 버섯 떼 같은 초가 마을의 풍경이라든가, 밤길, 그리고 이 방의 불빛을 가리켜 주고 간 사내라든가 방금 문을 나간 소년……들을 차례로 생각하면서 민 형의 표정 속 어느 구석에 그런 것들의 흔적이 스며 있었던가를 곰곰이 생각해 보았다. 그리고 그러다 나는 어느 순간 의외의 기척 소리에 흠칫 자리에서 일어나 앉고 말았다. 방 안을 두루 살펴보았다. 어디선가 딱 한 번 캑 하는 기침 소리 같은 것이 들려온 것 같았다. 소리는 크지 않았으나 그것은 분명 방 안에서 난 소리였다. 그러나 아무것도 보이는 것이 없었다. 나는 다시 방바닥에 누웠다. 그리고 한참 아까 하던 생각을 계속하고 있는데, 나의 시선 속에서 무엇인가 어슴푸레 움직거리는 것이 있었다. 그것은 천장의 어둠 속 검은 그림자 같은 것이었다. 나는 벌떡 일어나 그 그림자를 가까이 쳐다보았다. 매— 나무토막을 못질해 놓은 벽에 매가 한 마리 머리를 박고 앉아 있었다. 놈은 잠을 자다가 나의 기척에 깨어난 듯 눈을 굴리었으나 몸은 까딱도 하지 않았다. 내가 가까이 가자 놈은 목을 좀 빼어 내더니 이내 천장에 어른거리는 자기 그림자가 이상스러울 뿐인 듯 나를 피하려고 하진 않았다.

그때 밖에서 소년이 돌아오는 기척이 났으므로 나는 까닭도 없이 화닥닥 다시 자리로 돌아와 앉았다. 발자국 소리가 두 사람이었다. 소리가 문 앞에 이르러 잠시 머뭇거리는 듯하더니 곧 문이 열렸다. 눈에 잠이 더덕더덕 긴 아까 그 소년의 뒤로 몸이 훨씬 마르고 입을 굳게 다문 17,8세 가량의 소년 하나가 나를 넘겨다보다가 다짜고짜 꾸벅 절을 했다.

"미안해! 중식이지?"

나는 일어서서 소년을 맞았으나 그는 남의 집에라도 온 것처럼 두릿두릿하고* 있었다.

"들어와, 널 찾아온 거야."

나는 조금 시장기가 낀 소리로 말하며 소년을 손짓했다. 그러자 소년은 먼저 들어와 설 구석부터 살피면서 조심조심 방으로 들어 왔다. 행동에 비해 눈알이 분주히 움직이는 것이 소년은 퍽 영민해 보이는 데가 있었다. 그리고 무슨 일인지 수척한 얼굴 어느 구석엔가는 슬픈 그림자마저 어려 있었다. 소년은 내가 자리를 가리킬 때까지 그러고 서 있기만 했다. 나는 주인이 되고 소년은 굳이 손님 행세만 하려고 하는 형세였다.

"얼마 전에 여기 왔다 간 민태준이란 사람 알지?"

나는 똑바로 소년을 쳐다보며 내 소개를 하려고 했다. 그러자 소년의 눈빛이 갑자기 놀라움에 젖는 듯하더니 이내 낑 하고 이상한 소리를 내며 힘을 주어 몸을 한 번 비틀었다. 그러고는 그를 데려온 소년을 보았다. 그러자 꼬마가 대신 말을 했다.

"버버리라요."

전혀 뜻밖이었다. 민 형이 그런 내색을 보인 적도 없었고 나로선 그걸 예상할 이유도 없었으니까. 시원시원하지 못했던 소년의

* 두릿두릿하고 : 두리번두리번하고.

거동도 그제야 짐작이 갔다. 버버리— 그것은 '벙어리'의 전라도 사투리. 나중에 알고 보니 중식은 그저 호적상의 이름이었을 뿐 마을에서는 그냥 '버버리'로 이름을 대신해 불러 오고 있었다.

나는 다시 한 번 어떤 절망 비슷한 답답증을 느끼며 소년의 기색을 살폈다. 소년도 나의 표정에 무슨 충격을 받은 듯 안절부절 못하며 말을 하고 싶어 하는 눈치였다.

그때부터 나는 꼬마 소년의 도움을 얻어 가며 답답한 대화를 계속해 나갔다. 다행스럽게도 소년은 여느 벙어리와는 달리 귀가 조금 뚫린 듯했다. 거기다 나의 입모습과 몸짓을 빠짐없이 살펴서 대부분의 말들을 알아듣고 있었다.

그러나 그가 말할 차례가 되면 눈짓 손짓을 아무리 되풀이해도 내 쪽에서는 그걸 쉬 알아듣지 못했다. 그러면 그가 꼬마를 시켜 다시 나에게 말을 전하게 했다. 내가 이곳을 다녀간 민태준의 친구라는 설명을 다시 듣고 소년은 꼬마를 재촉하여 그럼 민 형의 소식을 잘 아느냐고 물었다. 꼬마 소년이 자기의 말을 제대로 전한 걸 보고 그는 나에게 고개를 끄덕이며 대답을 기다렸다. 그래서 우선 민 형이 잘 있다고 안부를 전하고 나서, 나는 민 형에게서 그의 소개를 받고 찾아왔으며, 원래는 민 형이 이 마을에서 조사해 간 '매잡이'에 관해서 알고 싶지만, 사실은 민 형이 이 마을에 와서 어떻게 지내고 갔는지도 이야기해 주면 좋겠다고 여러 번 끊어서 사정을 말했다. 소년이 나의 말을 하나도 빼놓지 않고 알아

들으려는 듯 눈을 가늘게 뜨고 있는 얼굴이 무척도 진지해 보였다. 가끔은 고개를 크게 주억거리며 나름대로 감동을 나타내기도 했다. 그러다 드디어는 몹시 슬픈 표정으로 낑낑거렸다.

매잡이— 그 매잡이가 지금 죽어 가고 있다는 것이었다.

그 말을 듣고부터 나는 새로운 긴장을 느끼면서 다음 이야기를 잇대어 재촉했다. 재촉을 하다 나는 답답하여 이번에는 바로 꼬마 소년에게 이야기를 시켰다.

곽 서방이라는 그 쉰 살짜리 홀아비 매잡이가 지금 어떤 집 헛간에서 언제 숨이 넘어갈지 모르는 지경이라고 했다. 그것은 옛날 자기가 밥을 얻어먹고 있던 집 헛간인데, 왜 거기에 그가 누워 있는지는 본인 외에는 아무도 모른다고 했다. 그는 벌써 1주일도 넘게 거기에 버티고 누워서 밥 한 숟갈 입에 넣지 않고 바싹바싹 말라 가고 있다는 것이었다. 사내는 또 그곳에 들어가 누운 뒤로 한마디도 말을 하지 않기 때문에 그가 왜 거기서 그렇게 죽으려고 하는 것인지(그가 죽으려는 것임에는 틀림이 없고 마을에서도 모두 그렇게 생각한다는 것이다) 아무도 아는 사람이 없다고 했다. 처음에는 마을 사람들이 미음 같은 것을 쑤어 가지고 가서 사내를 달래 보기도 했지만, 사내는 영 말을 하지 않기 때문에 요즈음엔 아주 죽기만을 기다리고 있는 형편이라고. 더욱이 밤이 되면 그 근처에는 사람의 그림자조차 얼씬하지 않아서 무섭기 한이 없는데, 다만 한 사람 중식 소년만이 그곳을 자주 가 사내를 지켜 주기도 하고 어떤 때는 아주 거기서 밤을 함께 새우기까지 한다고.

소년의 이야기는 거기까지밖에 들을 수 없었다. 눈에 주렁주렁 매달린 잠이 소년의 입을 더 놀릴 수 없게 했기 때문이었다. 소년이 이야기를 하는 동안 듣고 있던 중식도 피곤한 표정으로 기다리고 있었다. 실상은 나도 시장기가 목구멍까지 차올랐다. 궁금증을 누르고 내가 중식 소년에게 이젠 자라고 손짓을 하니까 그는 갑자기 더 이야기가 하고 싶어진 듯 눈을 빛냈으나, 이내 호롱불을 끄려고 하다가는 다시 몸을 일으켜 천장에서 매를 잡아 내렸다. 그 매에게서 딸랑딸랑 방울 소리가 났다. 매의 어디에다 방울을 달아 놓은 모양이었다.

소년은 매의 발에 맨 줄을 손에 감아쥔 다음 불을 끄고 누워서 배 위에다 매가 앉은 손을 얹었다. 그러고는 눈을 감는 모양이었다. 나는 윗도리만 벗고 그냥 자리에 누웠으나 시장기와 피로에도 불구하고 곧 잠이 오질 않았다. 일단 이야기를 거기까지 듣다 중단하고 나니까 그간의 의문점들이 한꺼번에 몰려들기 시작했다. 도대체 매잡이란 그 사내는 어떤 사람인가. 무슨 연유로 그런 짓을 하고 있는 것일까. 그리고 잠자리에서까지 배에다 매를 얹고 자는 이 소년은—아무도 가지 않는 그 사내의 반죽음 곁에서 밤을 같이 새우는 이 소년은 아마 그 연유를, 아니 그 연유뿐만 아니라 예상할 수도 없는 많은 것을 알고 있을지 모른다. 그런데 소년은 무엇때문에 그 사내를 그토록 가까이하게 된 것인가. 그리고 그보다 더욱 이상한 것은 민태준이란 사내였다. 그는 도대체 이러한 모든 사태를 알고 있었기나 한 듯 제때에 나를 이곳으로 보낸 것이다. 그렇다면 이미 그는 이 모든 것을 알고 있었단 말인가…….

소년도 쉽사리 잠이 들지 못하는 모양이었다. 숨소리가 아직 고르게 잦아들지 못하고 몇 번씩이나 몸을 움직거렸다. 그때마다 배 위에 얹은 매가 어둠 속에서 잠이 깨어 눈을 디룩거리는 게 보였다. 소년이 잠이 든다 해도 아마 매란 놈은 편한 잠을 잘 수가 없을 것 같았다. 숨결에 소년의 배가 부풀었다 꺼지고 하는 데 따라 녀석도 같이 오르내리며 불안한 자세를 고쳐 잡곤 했다. 그때마다 매에게서는 달랑달랑 방울 소리가 났다. 그런데도 매란 놈은 거기서 자리를 내려앉지 못하고 있었다. 아마 소년이 매에게 잠을 재우지 않기 위해 일부러 그러는 것 같았다. 그리고 나중에 안 일이지만 그것은 사실이었다.

나는 좀처럼 잠을 이룰 수가 없었다. 그러나 이미 어떤 혼란한 꿈속에 빠져 있는 기분이었다. 그 혼란스런 꿈속에서 나는 어쩌면 애초의 예상과는 달리 훨씬 긴 시간을 머물러야 할지도 모른다는 생각이 들었다.

다음 날 아침, 나는 소년보다 먼저 일어나 녀석을 기다렸다. 밖에서는 안채 식구들이 벌써 마당까지 나와 집안일을 하고 있었다. 매는 아직도 소년의 배 위에 얹은 팔목에 앉아 공간을 오르내리며 불안한 자세를 고쳐 앉곤 했다. 발목에 매인 명주실을 소년이 아직 손가락에 감아쥔 채였다. 놈은 밤새 깊은 잠을 자지 못했을 것 같았다.

이윽고 소년이 눈을 떴다. 그러고는 깜짝 놀라 일어나더니 나에게 조금 겸연쩍은 웃음을 웃어 보이고는 문을 박차고 밖으로 뛰어 나갔다. 나는 무슨 영문인가 싶어 소년의 거동을 문틈으로 지켜보았다. 소년은 중년쯤 되어 보이는 마당의 남자에게 손짓으로 열심히 무슨 말인가를 하고 나더니 그 남자와 함께 다시 방문 앞으로 왔다. 그 남자는 소년의 아버지였다. 그는 나에게 누추한 곳을 찾아 주어 감사하다고 정중한 인사를 건네고 나선 대뜸 민 형의 안부를 물었다. 역시 민 형도 자기 집에서 묵고 갔다며 그때는 참 신세를 많이 졌노라고 새삼 송구해하였다. 나는 민 형이 취재 여행에 그의 가산을 거의 다 털어 바친 일을 생각하고 소년의 아버지가 하는 말뜻을 곧 알아들을 수 있었다. 그런저런 이야기를 하던 중 소년이 옆에서 나를 기다리고 있다가 팔을 끌어당겼다.

"저 녀석이 그 매잽이 위인에게 선생님과 같이 가고 싶다는군요. 아마 가 보시면 아시겠지만 불가사의입니다. 선생님이라면 혹무슨 소릴 할지 모르겠습니다만."

소년의 아버지 말을 듣고 나서야 나는 녀석의 뜻을 알아차렸다. 나는 곧 소년을 따라나섰다.

매잽이 사내는 마을 위쪽 어떤 집의 사랑채 헛간에 누워 있었다. 지푸라기에 싸여 눈만 빠끔히 뜨고 있는 사내는 벌써 반송장이 되어 있었다. 부근에는 소년이 사내의 입술에 흘려 넣어 주려는 듯한 물그릇이 하나 뒹굴고 있을 뿐 음식은 이제 권해 보는 것조차 단념해 버린 듯했다. 소년을 따라 내가 헛간으로 들어갔을 때도 사내의 얼굴은 조금도 움직이질 않았다. 소년이 그 유리알처럼 움직이지 않는 눈앞에서 낑낑 소리와 함께 분주한 손짓 발짓으로 한참 무슨 이야기를 해 보였다. 소년의 뜻을 짐작하는 데 조금 익숙해진 나는 그것이 나를 소개하는 말인 것을 알았다. 소년은 내가 서울에서 온 사람이라는 것, 전에 다녀간 민 선생의 친구이며 그의 안부를 전하러 왔다는 것을 어렵지 않게 이야기했다. 그러자 사내의 그 눈망울이 조금— 정말 아주 조금 움직이는 것 같았다. 그러나 그것뿐이었다. 사내의 눈은 이내 아무것도 보고 있지 않은 것처럼 동자가 아득해져 버렸다. 보다 못해 내가 소년에게 뭘 좀 가져다 먹여 보지 않겠느냐고 부질없는 소리를 했더니, 소년은 아주 힘없이 고개를 젓고는 대신 어디선가 물을 한 사발 가져왔다. 그러고는 숟가락으로 조금씩 사내의 입술에 물방울을 흘려 넣었다.

사내는 그 물을 뱉어 버릴 힘마저 없는 듯 소년을 내버려 두고 있었다. 그러나 그가 입을 열려고 하질 않았기 때문에 물은 그의 입에서 거품이 되어 대부분 다시 볼로 흘러내려 버렸다.

소년의 집으로 돌아와 아침밥을 먹고 나서 나는 다시 그의 방으

로 돌아가 잠시 누워 쉬고 있었다. 어젯밤 그 잠보 소년은 어디론
가 제 집을 찾아가고 없었다. 중식은 천장에 앉혀 둔 매를 끌어내
려서 발톱과 부리를 조사하고 있었다.

"뭘 먹이지?"

나는 드러누운 채 소년을 쳐다보며 물었다. 소년은 나를 보며
머리를 저었다. 아무것도 먹이지 않는다는 뜻이었다.

"아무것도 먹이지 않으면 어떻게 살아?"

소년은 대답 대신 나를 보고 이상한 웃음을 지었다. 그 웃음은
내가 소년에게서 처음 본 것이었다. 그것은 물론 무슨 즐거움을 나
타내는 웃음이 아니었다. 소년이 내게 무슨 말인가를 하고 있는 것
이었다. 누구나 사람들은 흔히 상대방에게 무슨 어려운 말을 할 때
대개 그런 웃음을 웃는다. 벙어리라도 그것은 마찬가지일 터였다.
그러나 소년은 당장 그 웃음의 뜻을 고백하지 않았다. 그는 캐묻는
나를 모른 척 매만 자꾸 만지작거리고 있었다. 매의 한쪽 발목엔
조그만 방울이 두 개 매달려 있어서 놈이 몸을 움직일 때마다 달랑
달랑 소리를 냈다. 꼬리에는 기다란 다른 깃털을 하나 끼워 묶어
'鷹主 ×里 郭乭 · 번개쇠'라는 서툰 붓글씨가 씌어 있었다.

매주(鷹主) 곽돌(郭乭)은 매를 부리는 임자이며 번개쇠는 매의
이름이라고 소년이 설명했다.

"그럼 이 매는 네 것이 아닌가 보군?"

이 말에 소년은 잠시 표정을 흐렸다. 그러고는 마지못한 듯 그

132

것이 지금 굶어 누워 있는 사내의 것이며, 그 사람의 이름이 곽돌이라고 했다. 그러고 나서 소년은 금방 말을 돌려 매에 관한 이야기를 시작했다.

번개쇠에게는 벌써 3일 동안 아무것도 먹이지를 않았으며, 그만한 시간 잠도 제대로 재우지 않았다는 것이었나. 사냥을 나서기 전에는 으레 매를 그렇게 굶기는 거라면서 소년은 또 의미 있게 나를 쳐다보고 웃었다. 그것도 나중에 안 일이지만, 매에게 잠을 재우지 않는 것은 매를 사납게 하기 위해서라는 것이다. 잠을 재우지 않으면 매는 성질이 아주 사나워져서 사냥을 잘한다는 것이었다. 그리고 사냥 전에 놈을 굶기는 것은 매란 놈이 배가 고플 때가 아니면 꿩이나 토끼 같은 것을 잘 쫓으려 하지 않기 때문이라 했다. 공중에 띄운 매는 배가 부르면 꿩을 보고도 쫓지 않고 하늘 높이 떠올라 어디론가 다른 곳으로 가 버리기 쉽다고. 그리고 꿩을 잡았을 때도 배가 아주 고파 있어야 잡은 꿩을 오래 뜯어 먹고 있지, 처음부터 배가 불러 있으면 눈알이나 빼먹고 곧 날아가 버린다는 것이다. 그렇게 날아가 버린 매는 배가 고파지면 다시 마을로 인가를 찾아 들어오지만, 그때는 옛 주인을 찾는 게 아니라 아무 마을에나 들어가 잡히기 때문에 그 매를 돌려받자면 꽤나 사례를 치러야 한다는 것이었다. 그러나 어쨌든 나는 소년이 사흘씩이나 매를 굶기고 있는 것은 좀 심하다는 생각이 들었다.

"그럼 요즘도 사냥을 하고 있니?"

나의 물음에 소년은 머리를 저었다. 자기는 늘 사냥 준비만 하지 실제로 사냥을 하지는 않는다고 했다. 사냥은 몇 사람이 함께 가야 하는데 같이 갈 사람도 없고, 또 산에는 꿩이 흔하지도 않다고 했다. 그러면서 그는 또 나를 보며 웃었다. 그제야 나는 그 웃음의 뜻을 알 수 있었다. 녀석은 나와 함께 사냥을 가고 싶은 것이다. 녀석이 아마 전날의 민 형과의 경험을 생각하고 나에게도 같은 것을 기대한 모양이었다.

그렇게 되어 나는 그날 소년과 함께 매를 가지고 철도 맞지 않은 사냥을 나섰다. 소년은 매잡이가 되고 나는 몰이꾼이 되었다. 소년은 발목에 맨 끈을 손가락에 감고, 매를 팔목에 앉히고는 산마루로 올라갔다. 거기서 소년은 골짜기를 살피고 나는 산고랑을 헤매며 꿩을 몰았다. 만약 꿩이 날면 소년이 산마루에서 매를 띄우고 그 매가 하늘을 맴돌다가 꿩을 발견하면 쏜살같이 뻗쳐 내려가 꿩을 잡아채는 것이랬다. 그때 나는 급히 매의 강하 지점으로 달려가 매가 배를 채우기 전에 놈으로부터 꿩을 빼앗아 내기로 되어 있었다. 그러나 이날 우리는 종일 허탕만 쳤다. 수없이 산고개를 넘었지만 나는 꿩을 한 마리도 날려 올리지 못했다. 소년은 매를 띄울 일이 없었다. 매도 마찬가지였다. 꿩을 잡으면 빼앗기기는 해도 맛있는 내장이나 가슴께 살을 몇 점 얻어먹고 더 힘을 낸다는데, 그놈은 그 살점 하나도 얻어먹지 못하고 결국 산그늘이 내릴 무렵 소년의 팔목에 앉은 채 집으로 돌아오고 만 것이다.

그러나 그날의 일이 나에게는 전혀 허탕이 아니었다. 민 형이 알아보라고 하던 것에 관해서 실제로 그 질서를 조금 알게 된 것도 수확이지만 그보다도 돌아오는 길에서, 그리고 기운이 진해 바윗돌에 걸터앉아 쉬면서 소년은 이날 사냥에 허탕을 치고 만 일이 민망했던지 제풀에 자기의 매에 관한 이야기를 늘어놓기 시작한 것이다. 그리고 그것은 참으로 나에겐 중요한 이야기였다. 그때까지도 나는 이 마을에서의 민 형의 행적과 실제로 눈앞에서 기이한 죽음을 기다리고 있는 매잡이 사내, 둘을 한꺼번에 좇느라 어느 쪽에도 확실한 관심을 집중시키지 못하고 있던 참이었다. 그런데 소년의 이야기는 혼란스럽고 어정쩡한 나의 주의를 우선 한동안 매잡이 사내에게로 고정시켜 버렸다. 그리고 그것이 나의 첫 번째 「매잡이」라는 작품을 낳게 했고, 그럼으로써 오히려 민 형의 행적에만 호기심을 갖다 만 것보다는 민 형의 취재 행각 이상의 매잡이의 삶에 대한 인식, 또는 나를 보낸 민 형의 의도 같은 것을 훨씬 더 명백하게 이해할 수 있게 해준 것이다.

　그날 밤 집으로 돌아오자, 나는 잠시 그 헛간의 매잡이 사내를 들러 보고 그가 아직도 아침과 별 차이가 없음을 알고 나서는 소년에게 다시 이야기를 계속 시켰다. 소년은 이제 매잡이 사내에 대하여 자신이 직접 보고 겪은 것 이외에도 그에 대해 들은 일까지 자세히 이야기했다. 뿐더러 나도 이제는 그의 시능 말에 이해가 퍽 빨라지고 있었다.

그럼 이제 여기서부터는 나의 그 첫 번째 「매잡이」라는 작품에서 이야기를 직접 빌려 오는 것이 좋겠다. 그 작품을 읽고 아직도 줄거리를 기억하고 있는 독자는 이런 중복이 짜증나고 지루하겠지만, 매잡이 사내의 이야기는 그쪽에 비교적 간결하게 정리되어 있으므로 결국 같은 이야기를 달리하는 것보다 그간의 경위를 정직하게 밝히고 그 일부를 인용하는 것도 나쁘지 않을 테니 말이다.

매잡이 곽 서방은 결국 버버리 한 놈을 데리고 마을을 나섰다. 놈과 둘이서 번개쇠를 부리는 수밖엔 도리가 없었다. 이제 마을 사람들은 할 일이 없어도 몰이꾼 노릇은 나서려질 않았다. 박달나무 방망이를 하나라도 더 깎아다 장터에서 조 됫박 값을 만들거나, 아니면 차라리 뜨뜻한 아랫목에서 화투판을 벌이는 편이 낫다고들 생각했다. 하지만 예전 사람들은 몰이꾼 놀이를 무슨 삯일로 생각했거나 그저 재미만으로 즐거이 몰이꾼을 청해 나서곤 했었다. 종일 풀토끼 한 마리 잡지 못해도 좋았다. 하루 종일 산을 타서 몸이 피곤하고 먹을 것은 없어도, 그래도 그들은 얼굴이 붉어져 웃는 낯으로 또 틈 봐서 사냥을 나오자 다짐하며 집으로들 돌아갔다. 꿩이라도 잡히면 물론 더 좋았다. 그런 날은 아예 동네 잔치가 벌어졌다. 적은 안주 구실밖에 못했지만 그걸 구실로 자주 술판을 벌였다. 혹시 마을에 혼사나 다른 잔치가 있으면 그 꿩을 그 집으로 보냈다. 그러면 그 집에서도 떡시루 아니면 술말*로 답례를 해 오는 것이 예사였다. 한데 요즘은 매로 잡은 꿩이 장거리에서 돈으로 팔리는 판국이었다. 안주 핑계 하고 술을 마시지도 않았고, 아예 값을 저쪽 처분에 맡기고 잔칫집에 꿩을 보내는 일도 없으니 그 답례가 있을 리도 없었다. 하긴 그런 사람들이 되려 터무니없는 쪽일는 진 모른다―하지만 그렇게 터무니없는 짓들에 정신을 빼앗기고 살았어도 그 사람들은 걱정들이 적었는데…… 요즘은 가로 재고 모로 재고 해서 그런 일엔 정신 팔 겨를이 없는 양 아득바득 내어도 그 사람들 사는 요령에는 어림이 없었다. 그런저런 생각 속에 들길을 건너 바야흐로 산길로 접어들어 가던 곽 서방은 문득 그를 뒤따르고 있는 버버리 녀석을 이윽히 돌아다보았다. 왈칵 고마운 생각에 가슴이 새삼 후끈해 왔다. 말은 못해도 녀석은 속이 꽤나 깊었다. 이제 나이 오십― 장가를 가지 못했다고 마을에서들은 조무래기들까지 곽 서방 곽 서방 하고 아이 이름 부르듯 함부로 그를 얼러 대는 터였다. 어른들이 그를 온전한 사람으로 대접하지 않으니 아이들도 그렇게 여길 수밖에 없었다. 녀석들은 곽 서방을 마치 갓 스무 살이나 먹은 떠꺼머리총각쯤으로나 아는 형편이었다. 거기다 집이 있나, 다른 사람처럼 무슨 일 재주가 있어 밥 걱정이 없나. 하는 짓이란 언제나 팔뚝 위에 굶주리고 잠 못 잔 번개쇤가 뭔가를 얹고 다니며, 잠자리는 남의 사랑채 신세에다 재수가 좋아야 겨우 밥이나 굶지 않고 지내는 동네 떠돌이. 그러고는 되지도

*술말 : 한 말 정도의 분량이 되는 술.

않는 꿩 사냥이랍시고 산이란 산은 모조리 다 헤매고 다니는 위인. 그도 옛날엔 매 한 마리로 가는 곳마다 공술을 대접받는 한량 축이 었다지만, 이젠 그가 매 때문에 공술이나 밥을 대접받는 일은 꿈도 꿀 수 없는 일이고, 더욱이 그의 한량 시대라는 걸 구경조차 해본 일이 없는 아이들에게 곽 서방은 참으로 기이한 거지— 헐 수 할 수 없는 마을의 천덕구니였다.

한데 버버리 놈은 달랐다. 애초부터 말을 못하는 녀석이 남들처럼 짓까불고 곽 서방을 괴롭힐 일은 없었지만, 버버리는 그래서라기보다 이상하게 곽 서방의 사냥을 즐겨 따라나섰고, 자기 집 사랑채 방에서 잠도 곧잘 함께 자주곤 했다. 그리고 곽 서방이 매를 다루는 법— 이를테면 비둘기로 매를 잡아서 사람과 친하여 달아나지 못하게 훈련시키고, 또 사냥에 대비하여 잠을 재우지 않거나 밥을 굶기는 일 따위를 예사로 보지 않고 꼭꼭 흉내를 내고 들었다. 그리고 이제는 빠짐없이 곽 서방의 사냥 길을 따라다니는 단 하나의 친구였다.

골짜기를 하나 지나 마을이 보이지 않는 산으로 접어들자 곽 서방은 자기 팔목에 얹어 온 번개쇠를 버버리에게 건네주었다. 이제부터는 버버리가 매잡이가 되고, 곽 서방 자신은 꿩몰이가 되어야 했다. 버버리는 번개쇠를 받아 가지고 곧장 능선을 타고 봉우리 쪽으로 혼자 올라가기 시작했다. 이제부터 녀석은 봉우리 봉우리만 쫓아다니며 산을 두루 살펴야 하고, 곽 서방은 그 봉우리 아래의 산고랑 중에서 볕이 드는 곳을 모조리 쏘다니며 숨어 깃들인 꿩을 날려 올려야 할 참이었다. 일인즉 곽 서방 쪽이 훨씬 고되게 마련이었다. 산을 헤매는 것은 고사하고 혹시 꿩이라도 찾아내어 날려 올리면 버버리 놈은 산 정수리에서 꿩을 보고 번개쇠만 띄우면 되었다. 번개쇠가 꿩을 덮치는 곳으로 재빨리 쫓아가 배를 채우기 전에 꿩을 빼앗아 내야 하는 것도 곽 서방 쪽— 마땅히 일이 바뀌어야 할 이치였다. 아무리 산길에 발바닥이 굳었다 해도 이제 곽 서방은 조금만 뛰면 숨이 헉헉거렸다. 그가 매잡이가 되고 나이가 아직 팔팔한 버버리 녀석이 꿩몰이가 되어야 했다. 그러나 그럴 수가 없었다. 녀석은 벙어리— 몰이를 할 때 꿩 모는 소리를 지르지도 못했고, 꿩이 날아올라도 산꼭대기의 곽 서방을 향해 '꿩이 떴다'고 외쳐 줄 수도 없었다. 그러니 꿩몰이 하나 마나가 되는 때가 많았다. 할 수 없이 곽 서방이 꿩몰이꾼이 되었다. 그도 아직은 다행한 일이었다. 버버리 녀석이라도 없으면 혼자서 꿩 쫓다 매 몰다 두 몫을 뛰어야 했을 일 아닌가. 그것은 어쨌든 오늘은 꿩이라도 한 마리 찾아냈으면 좋겠다 싶었다. 자기가 고되게 뛰어다닌 덕으로 요즘엔 전보다 발이 더 빨라진 것 같기도 했다. 그는 능선으로 멀어져 가는 버버리 놈을 쳐다보며 잎담배 한 대를 꺼내 말아 물었다. 소년이 나무숲 속으로 사라졌다가 한참 뒤에 멀리 산정 가까이에서 모습을 나타냈다. 그러고는 손을 두어 번 저어 보인 다음에 아주 정수리로 올라섰다. 곽 서방은 이윽고 피워 물었던 담배를 비벼 끄고 몸을 일으켰다. 그러고는 양지 쪽을 골라 냅다 거기서부터 꿩도 없는 숲 속으로 내닫기 시작했다. 후어! 후어! 소리를 지르며 골짜기를 내닫는 곽 서방은 정말 나이가 믿어지지 않을 만큼 발이 빨랐다. 돌을 던지고 소리를 지르며 양지 쪽 골짜기 하나를 다 훑고 나서 이제는 산비탈 부근을 모로 뒤졌다. 후어! 후어! 산 하나를 다 헤매고 났을 때 소년은 그 산봉우리에서 사라졌다. 그리고 조금 뒤에는 또 골짜기를 하나 건너 다음 산봉우리로 올라섰다. 소년이 거기서 손을 뱅뱅 맴돌렸다. 곽 서방도 거기 따라 다음 골짜기로 들어섰다. 바지 자락이 가시나무에 걸려 찢어지고 몇 번 자갈밭에서 발을 잘못 디디고 넘어졌다. 찢은 손바닥에는 피가 말라붙어 있었다. 그러나 여직 골짜기에서는 비둘기 새끼 한 마리 날아오르질 않았다. 후어! 후어! 곽 서방의 외침 소리가 메아리 되어 산을 기어오를 뿐 꿩꿩꿩 장끼가 날아오르는 소리는 먼 꿈속에서나 들었던 것처럼 기억마저 희미했다. 차츰 곽 서방의 발길이 무디어지고 외침 소리도 자꾸만 목구멍 속으로 기어 들어가고 있었다.

네 번째 봉우리에서 소년은 이제 다음 봉우리로 옮겨 가지를 않고 곽 서방을 기다리고 있었다. 아까부터 밀려들던 구름장들이 이젠 해를 많이 가리어 버리기도 했지만, 때도 웬만큼은 기운 것 같았다. 곽 서방도 이제는 아주 지쳐 늘어져서 엉금엉금 기다시피 하여 봉우리로 올라갔다. 거기에서 곽 서방은 소년의 꽁무니에 찬

점심을 나누어 먹었다. 그러고는 잠시 바람을 피해 휴식을 취했다. 번개쇠 놈에게 감기기가 조금 있는 것 같았다. 오후에는 햇빛이 나지 않아 그만 하산을 해 버릴까 하다가 그래도 조금만 더 뒤져 보기로 했다.

소년은 여전히 매잡이가 되고 곽 서방이 골짜기를 훑었다. 그러나 결과는 오전과 마찬가지였다. 해가 서산을 기웃거리고 산그늘이 골짜기를 메우기 시작할 때쯤 해서 곽 서방은 거의 녹초가 되었다. "후어 후어" 소리가 자꾸만 목구멍 속으로 기어 들어가다가 이제는 아주 중얼거림으로 변해 가고 있었다. 한데 그때 뜻밖에도 장끼 한 마리가 푸드등 산을 날아올랐다. 꿩꿩꿩꿩…… 오랜만에 들어 보는 장끼 소리가 산골짜기를 가득 채웠다. 곽 서방은 갑자기 기운이 솟구쳤다. "떴다! 꿩 떴다아." 그는 목청을 돋워 외치며 산봉우리를 쳐다보았다. 기다렸다는 듯이 산꼭대기에서 번개쇠가 떠올랐다. 놈은 바람을 탄 연처럼 떠올라 골짜기 위의 하늘을 맴돌더니 이윽고 살처럼 골짜기로 내리박혔다. 곽 서방은 놈이 내리꽂힌 지점을 향해 내닫기 시작했다. 어디서 솟아난 힘인지 그는 무섭게 내달렸다. 발이 거의 땅에 닿고 있지 않은 듯했다.

그러나 곽 서방은 이내 자갈밭으로 곤두박질을 치고 말았다. 그리고 달려오던 기세와 비례해서 오랫동안 꼼짝을 하지 않고 늘어져 있었다. 산 정수리에서 동정을 살피고 있던 소년에겐 아무리 기다려도 곽 서방의 신호가 들려오지를 않았다. 그는 번개쇠가 내리박힌 근방으로 내려가 볼까 생각하며 눈어림을 하고 있었다. 그때 어찌 된 일인지 번개쇠 놈이 느닷없이 다시 하늘로 솟아오르고 있었다. 그리고 그 매는 드높이 하늘을 날아오르다간 이윽고 한쪽으로 방향을 잡기 시작하더니 이내 먼 곳으로 산을 넘어가 버렸다. 그렇다면— 소년은 급히 산을 내려 뛰기 시작했다. 매란 놈은 꿩의 내장과 부드럽고 기름진 곳을 다 파먹고 배가 불러 떠올라 버린 것이다. 그동안 곽 서방은 무엇을 하고 있었는가. 필시 무슨 변이 생긴 게 분명했다.

산을 내려오다 소년은 자갈밭에 늘어져 누운 곽 서방을 발견했다. 그러나 그때 곽 서방은 자세를 바꿔 하늘을 쳐다보고 있었다. 그는 그러고 누워서 매가 날아가는 것을 보고 있었던 듯 놈이 사라진 쪽으로 눈을 고정시키고 있었다. 그리고 그는 소년을 보자 지금껏 가장 편한 자세로 휴식을 취하고 있었던 사람처럼 부스스 몸을 털고 일어났다.

집으로 돌아오는 길에 곽 서방은 생각하였다. 아마 서 영감은 되레 시원해 할지도 모르지. 한사코 매잡이 노릇일랑 그만두고 이젠 다른 일을 해서 밥을 마련하라는 서 영감이었다. 그러기만 한다면 우선 자기 집 사랑채에 잠자리도 주고 세 때 끼니도 함께 나누도록 하겠다는 것이다. 까닭 없이 곽 서방의 매잡이 노릇을 못 봐 하는 영감이었다.

"자넨 요순 세상의 한량이로군" 하며 곽 서방을 비웃거나, "지금이 어느 때라고…… 그러고 밥을 먹고 살겠다는 겐가" 하고 까놓고 싫은 소리를 하기도 했다. 하지만 그 서 영감인즉은 옛날 매잡이들의 단골 주인이었다. 마을의 매잡이는 늘상 그 서 영감이 부렸고, 다른 마을로 들어간 매를 찾아올 때 그 매값을 치러 주는 것도 언제나 서 영감이었다. 그래서 서 영감네 사랑채는 늘 매잡이의 차지였고, 또 서 영감은 그 만년 손을 싫다 않고 1년 내내 매잡이를 사랑채에 묵게 했다가 겨울 한철 매를 부리곤 했다. 그런 정이 미더워 그랬는지 곽 서방은 아직도 서 영감에게 가끔 떼를 쓰다시피 하여 겨우겨우 연명을 해 오는 터였다. 그러나 이젠 서 영감도 달랐다. 오히려 마을의 누구보다 매잡이 곽 서방을 더 귀찮아했고 싫은 소리를 많이 했다. 그래서 대부분 곽 서방은 버버리 신세를 질 수밖에 없었고, 이번 경우만 해도 매를 길들인 곳은 바로 버버리네 방이었다. 한데도 서 영감은 그것도 못 보겠다는 듯 곽 서방에게 자꾸 딴 짓으로 밥 먹을 생각을 하라고 만나기만 하면 성화였다.

　─번개쇠가 떠 버린 것을 들으면 영감은 아마 춤이라도 출지 모르지. 그리고 놈을 아주 잊어버리라고 할 테지.

　하지만 그날 밤부터 곽 서방은 다시 새 걱정에 싸이기 시작했다. 장날이 이틀밖에 남아 있지 않았다. 날아간 매의 소식이 장으로 올 것이다. 매는 배가 고프면 다시 인가로 찾아 내려오게 마련이었다. 너무 멀리 날아가지만 않았다면 녀석의 기별은 시치미*

꽁지에 적힌 주소로 매주에게 정확하게 전해질 것이었다.

그런데 문제가 있었다. 번개쇠의 기별이 오면 곽 서방으로서는 매를 찾으러 갈 수도 안 갈 수도 없는 처지였다. 번개쇠를 찾자면 우선 매값으로 쌀말 값은 마련을 해야 했다. 매를 찾아올 때는 으레 그러게 되어 있었다. 하지만 지금 곽 서방이 가지고 있는 것이라곤 아무것도 없었다. 관례대로라면 한 가지 희망은 있었다. 그리고 그렇게만 되어 준다면 오히려 곽 서방 쪽에서 바라는 바였다. 매를 찾을 때 매주가 매값을 치를 수 없으면 매가 들어간 마을로 가서 2,3일 매를 놀아 주면 되었다. 그때 매잡이는 매를 가지고 산 정수리를 다니며 꿩이 떠오르면 그걸 보고 매를 띄우는 것뿐 꿩몰이는 마을에서 나서 주었다. 그러고도 매잡이는 술과 밥과 잠자리를 얻으며 마을의 손님 노릇을 하였다. 그러나 그것은 어떤 마을에라도 매 한 마리만 가지고 들어가면 밥 걱정 잠자리 걱정을 하지 않던 시절의 이야기— 요즘엔 어떤 마을에도 매를 부리는 사람이 없었고, 매잡이가 그런 곳엘 들어갔다간 우스운 구경거리나 되지 않으면 다행이었다. 전혀 기대할 수가 없는 일이었다. 두 가지 중에 어느 쪽도 곽 서방은 별수를 낼 재주가 없을 것 같았다. 매값 대신 번개쇠로 며칠을 놀아 주겠다는 것은 저쪽에서 천부당만부당해할 일일 테고 그렇다고 어떻게 돈을 마련할 재주도 없었

*시치미 : 매의 주인을 밝히기 위해 주소를 적어 매의 꽁지털 속에다 매어 둔 네모꼴의 뿔.

다. 그도 저도 아니게 그냥 매나 받아 가지고 돌아오는 것은 더욱 도리가 아니었다. 매값을 치르기 위해 매주가 마을로 팔려 가는 한이 있더라도 매를 그냥 받아 오는 것만은 용서되지 않는 습관이었다. 그렇게 되어 내려오는 풍습이었다. 게다가 매의 기별을 받고도 모른 체하고 있을 수는 더욱 없는 일— 매값을 치르지 않고 매를 받아 오는 일이 곽 서방 스스로 용서할 수 없는 금기라면, 매의 기별을 듣고도 모른 체하는 것은 마을이 용서하지 않을 패륜이었다.

곽 서방은 마침내 한쪽으로 생각을 정했다. 장날로 번개쇠의 기별이 들어올 것은 거의 확실한 일이었다. 그렇다면 어떻게 하든지 매값을 마련해 보는 수를 내야 했다. 그는 서 영감에게 사정을 이야기해 보기로 했다. 마을에서 그런 사정을 이야기할 수 있는 사람은 아직도 역시 서 영감뿐이었다. 그래도 그 영감은 전날 자신을 부려 준 일이 있고 타관 매잡이가 마을로 들어왔을 때는 잠을 재워 주기도 했던 사람이니까. 그리고 무엇보다 곽 서방이 서 영감을 애걸의 상대로 먼저 생각하게 된 것은 그가 곽 서방의 매잡이 일에 제일 간섭이 심했기 때문이었다. 다른 사람들은 벌써 곽 서방을 절반이나 넋이 나간 위인으로 여기는 데 비해 서 영감은 그래도 그러는 곽 서방을 한사코 나무라 들기라도 하였다. 영감에겐 오히려 사정을 이야기해 볼 만한 틈이 있었다.

그래 곽 서방은 그날 밤으로 서 영감을 찾아갔다. 그러나 서 영감은 짐작하고 간 대로였다. 곽 서방의 이야기를 듣고서야 비로소 그의 매가 위인을 떠나 버린 것을 안 서 영감은, 그것참 매란 놈이 곽 서방 사람될 기회를 주느라고 그리된 것이라며 자신의 일처럼 다행스러워하기부터 했다.

"이제 딱 마음을 잡고 딴 일을 손대 보지 그래. 우리 집에도 자네 할 일이 많으이. 그간 자넨 그 매라는 놈에게 너무 미쳐 있었어. 헌데 그 매 귀신이 제풀에 자넬 떠나 주지 않았나."

"모레 장터로 번개쇠의 기별이 올 텐디요."

곽 서방은 그러나 고집스럽게 말했다.

"글쎄, 내 생각 같에선 요즘 어느 넋 나간 녀석이 그런 걸 찾아 주겠다고 건드럭건드럭 장터로 매를 가지고 나올 턱도 없지만, 또 오면 어때. 모른 체해 버리든지, 자네 병 여윈 셈치고 그 사람더러 아주 가져다 매를 모시라지."

"하지만 그런 짓을……."

"글쎄, 그건 저쪽 시절 생각이구……. 하여튼 나는 매값을 낼 수 없으니 그런 줄 알게. 그리고 절대루 장날 기별을 보내 올 놈도 없을 게구. 만약 그런 놈이 있다면 진짜 후리배지."

곽 서방은 할 수 없이 서 영감 앞을 물러 나왔다.

"매 소리를 하겠거든 다시 내 집에 발을 들여놓지 말게. 인간이 불쌍해서 그쯤 알아듣게 살 궁리를 해 보라고 했으면 귀가 좀 뚫릴 법도 한데 원 사람하곤……."

그런 소리를 뒤로 남기고 버버리네 아랫방으로 돌아온 곽 서방은 밥도 굶은 채 생각에만 잠겨 있었다. 밤이 늦어서야 버버리 소년이 부엌을 뒤져다 준 식은 밥덩이를 조금 목구멍으로 넘기고 나서, 곽 서방은 거의 뜬눈으로 밤을 새웠다.

　—에이 번개쇠 놈, 아무리 생각이 없는 날짐승이기로서니…….

　그러나 다음 날 오후 늦게 곽 서방은 또다시 서 영감을 찾아갔다. 그의 짐작대로 장날을 하루 앞두고 번개쇠의 기별이 마을로 들어온 것이다. 30리 바깥 천관리(天冠里) 마을로 대낮에 매가 들어왔다고 천관리를 지나 들어온 마을 사람이 기별을 가지고 왔다. 그리고 매주는 내일 장으로 매를 가지러 나오라더라는 것이었다.

　"큰 병일세그려. 그래 자네 요즘 매를 부려서 꿩을 한 마리나 잡은 일이 있나, 마을에서 누가 몰이를 나서 주길 하나. 대관절 그건 찾아다 뭘 하겠다는 겐가, 이 갑갑한 사람아."

　영감은 이제 화를 내지도 못하고 답답해 못 견디겠다는 듯 곽 서방을 건너다보았다.

　"사냥을 못하더라두요, 기별이 왔는디 모른 체하고 있을 수가 없어서……."

　"그래, 자네가 지금 도리를 찾을 땐가."

　"……."

　곽 서방은 대답을 하지 않았다. 그러나 그의 침묵은 영감의 말에 승복한 증거는 아니었다. 오히려 바위처럼 버티고 앉아 있는 모양이 서 영감이 무슨 말을 하든 기어코 매값만은 받아 가야겠다는 결심을 다짐하고 있는 것 같았다.

"내 매값 몇 푼이 아까워서가 아니야. 매를 찾아오면 또 자네 꼬락서니가 못 보겠다는 말일세."

"저도 사냥이 문제가 아니어요. 이제 사냥은 되지도 않구요."

"그럼 자넨 지금 정말로 그 매주의 도리라는 것 때문에 이러는 것인가?"

서 영감의 목소리가 갑자기 은근해졌다.

"하여튼 번개쇠를 찾아야겠어요."

"그럼 약속해 주겠나?"

영감은 무슨 생각이 들었는지 자꾸 목소리가 낮아졌다. 곽 서방은 영문을 몰라 처음으로 영감을 정시했다.

"매를 찾기만 하면 사냥 따윈 다시 나서지 않는다고……."

"……."

곽 서방은 또다시 입을 다물어 버렸다.

"매는 찾아오되 매병은 가져오지 말라는 말일세. 실상은 나도 전혀 자네 심정을 모르는 바는 아니지. 왜 나도 전에는 자네들을 부리지 않았나. 하지만 지금은 생각이 달라. 내가 미쳤다고 뭐 얻어먹은 것 없이 자네 하는 일을 못마땅해 하겠나. 세상이 그래서는 안 되겠기에, 더구나 자넨 근본이 선량한 줄을 내가 아는 터라 좀 사람다운 대접을 받게 되라고 이러는 것일세. 나도 실상 어떤 때는 뭐가 옳은지 그른지를 모르게 될 때가 많아. 하지만 어쨌든 자네가 지금 이런 곤욕을 당하는 것은 그 매라는 놈 때문이 아닌가 말일세."

결국 그날 영감은 하고 싶은 말을 실컷 다 하고 나서 쌀 한 말 값을 내놓았다. 그 돈으로 매를 찾아오더라도 절대로 다시 사냥을 나서지 않는다는 조건에서라고 몇 번씩 다짐한 끝이었다. 그러나 곽 서방은 돈을 움켜쥐고 나오면서 끝내 거기에 대한 약속의 말을 남기지 않았다. 시류를 좇아 사는 사람들은 그 시류에 맞춰 세상사를 잘 요리해 갈 수 있을 뿐 아니라, 자기가 얼마나 그 시류에 민감하고 영리하게 적응하는가를 자랑스럽게 이야기하며 스스로 만족한다— 곽 서방은 영감의 집을 나오면서 어렴풋이나마 그 비슷한 생각을 느끼고 있었다. 자기 말따나 서 영감도 전에는 자신이 매잡이를 부리고 사냥을 즐겨 온 장본인이 아니던가. 그런데 이제는 그러던 그가 그 짓을 누구보다 못 봐 했다. 하지만 곽 서방은 실상 그 이전부터 벌써 그것을 느끼고 있었는지도 모른다. 영감이 그렇게 곽 서방을 걱정해 주고 충고를 해 주는 데도 곽 서방이 한 번도 그것을 고맙게 생각해 본 일이 없는 것은 바로 그 때문이 아니었을지.

곽 서방은 서 영감에게서 받은 매값을 꼬깃꼬깃 접어 허리춤에 넣고 다음 날 아침 일찌감치부터 장터를 나와 돌아다니고 있었다. 매를 찾으러 나오기는 했어도 어디서 어느 때 누구와 만나자는 약속이 없었으므로 무작정 사람들 사이를 어슬렁거리고 다녔다. 비단점 앞으로 가서 점포 안을 기웃거리기도 하고 대장간 앞에서 벌건 숯불을 보면서 쌀쌀한 봄추위를 달래기도 했다. 그러다가 아는 사람을 보면 혹시 어디서 자기를 찾는 매를 보지 못했느냐고 묻기도 했고 사람들 사이에 혹시 매를 안은 사람이 끼이지 않았나 눈을 부지런히 두리번거리기도 했다. 소란스럽기는 했지만 어디서 매방울 소리가 들려오지 않나 귀를 기울여 보기도 했고 좋아하는 소주 가게 앞에서는 허리춤의 매값을 한참씩 만지작거리다 자리를 비켜 가기도 했다.

곽 서방이 번개쇠를 만난 것은 오정*이 지나서였다. 어떤 소주 가게 앞을 지나려는데, 그 안에 얼굴이 벌겋게 취해 앉아 있는 얼굴이 얼핏 눈에 들어왔다. 전에 다른 마을에서 매잡이를 하다 지금은 어디로 가 버렸는지 종적조차 알 수가 없던 얼굴이었다. 반가운 김에 곽 서방이 안으로 들어갔더니 그가 무릎 위에 매를 올려놓고 있었다.

"이 사람 올 줄 알았네. 한데 좀 일찍 오지 않구 이제야?"

"흥, 이런 데 박혀 있으니 어떻게 찾아내겠나. 장바닥을 벌써 열 바퀴는 돌았을 거구만. 한데 어떻게 자네가 내 번개쇠를?"

*오정 : 정오.

두 사람은 사실 썩 허물이 없어 온 사이였다. 한쪽은 이제 매잡이 노릇을 아주 그만두었고 또 한쪽은 그 매 때문에 속을 썩이고 있지만, 그 순간 두 사람은 그래도 옛날 한창 사냥이 성하던 때나 된 것처럼, 매를 찾아 전해 주는 거드름이 완연했고 곽 서방도 제법 귀한 것을 찾아낸 기쁨을 이기지 못하는 기색이었다.

"요놈의 매가 사람을 알아보고 찾아들었지 않나. 오늘은 매값을 톡톡히 받아 가야겠어. 마침 끼니도 쪼들리던 참이고……."

곽 서방은 씩 웃었다. 그리고 허리춤에 꽁꽁 접어 넣은 매값을 생각했다.

"이 사람, 좀 앉기나 해. 우선 몸을 좀 녹여야지. 왜 아들놈만 찾아 도망갈 생각을 하나 보지?"

그러자 곽 서방은 곁으로 걸상을 끌어 잡아당겨 앉으며 번개쇠를 안아 올렸다.

"요놈의 철부지 자식, 내 속을 몰라보구……."

번개쇠의 눈이 깨끗지가 않았다. 꼬리도 좀 늘어져 있었다.

"감기가 걸려 있었어. 놈이 춥고 배고프고 눈곱이 끼어 가지고 왔더구만."

그날도 조금 감기기가 있던 놈이었다. 곽 서방은 번개쇠를 무릎 위에 앉히고 사기 컵에다 소주를 따랐다.

"자네가 요즘도 매를 부리고 있는 줄 알고 난 깜짝 놀랐네. 꿩이 잡히나? 요즘 매가 잡을 꿩이 있나 말일세. 그리고 아직 몰이꾼도 있구?"

그러나 곽 서방은 대답 대신 술잔만 말없이 들이켜고 있었다.

"알 만하지. 오죽했으면 내가 마을을 떠났을까. 신통치도 않은 품팔이꾼으로. 어쨌든 자넨 매잡이로 아직 굶어 죽진 않은 걸 보니 부럽구만."

"죽지 않은 것만 대순가?"

술이 몇 순배 더 돌았다.

"한데 자네 매값은 많이 준비해 왔나?"

"이 사람, 그 걱정 때문에 술을 못 마시나?"

곽 서방은 당장이라도 매값을 치를 기세로 허리춤을 뒤지는 시늉을 했다.

"정말?"

친구의 눈이 번쩍했다.

"쌀 한 말 값 해 왔구만. 아무래도 매를 놓아 주라고는 하지 않을 것 같아서."

그러자 이번에는 친구가 정말 술맛을 잃은 얼굴을 했다. 그는 표정이 이상하게 일그러지더니 갑자기 결심을 한 듯 술잔을 홀짝 비워 버리고 자리를 일어섰다.

"이제 그만 가 보지."

"왜 그래, 벌써?"

곽 서방은 영문을 몰라 아직 엉거주춤한 채였다.

152

"매 주인을 찾아 줬으니 이젠 가 봐야지 않아. 술에 몸두 녹혔구."

"하지만…… 그러고 매값은……?"

"매값? 그냥 가지고 가. 가지고 가서 꾸어 온 사람에게 돌려주게. 보나 마나지. 매잡이에게 그런 돈이 어디서 나와? 그만 돈을 꾸어 온 것만도 용허네."

그러면서 술값까지 자기가 치르고 있었다.

"아니 이 사람이? 자네 정 이러긴가. 자네가 이러면 내 도리가……."

"도리고 뭐고가 있나. 아무 소리 말구 매나 안구 돌아가게. 내게도 두 사람 술값쯤은 있으니께."

결국 그러고 두 사람은 주막을 나왔다. 그리고 친구는 그 길로 곧 천관 마을을 향해 발길을 서두르려 하였다. 그러나 곽 서방은 아직도 뭔가 아쉬운 것이 옷깃을 꽉 붙잡고 놓아주질 않는 기분이었다.

"그럼, 내 자네 마을로 가서 며칠 이놈을 부려 주기라도 해야 할 텐디……."

"하하하…… 자넨 그래서 부럽단 말이야. 속 편한 세상을 혼자 다 살고 있거든."

그래도 곽 서방은 속이 뚫리지를 않았다.

"그냥 매만 받아 갈 수가 있나."

"내 말을 해 주지. 매가 들어오니까 천상 누가 매를 돌려주러 나올 사람이 있어야지. 마을에서들은 그냥 다시 산으로 날려 보내 버리라는 게야. 자넨 날 거꾸로 도리가 없는 사람으로 여기는지 모르지만, 그래도 사람을 찾게 저를 훈련시켜 놓은 그 인간들을 찾아 내려온 매를 차마 다시 산으로 쫓아 보낼 수가 없어 이렇게 어정어정 청승맞게 장터까지 놈을 안고 자네를 찾아 나온 거란 말일세. 알겠나? 그래도 매를 돌려받은 게 그토록 고마운가?"

하더니 그는 멍해 있는 곽 서방을 찬찬히 들여다보며 이번엔 더욱 정색을 하고 물었다.

"헌데…… 마을로 가서 자넨 여전히 사냥질을 할 참인가?"

"……."

그 말엔 곽 서방도 대답을 하지 않았다. 그의 표정 역시 마치 마을의 서 영감 앞에서처럼 아무 의사도 내비치지 않았다. 곽 서방의 그런 얼굴을 한참 쳐다보던 친구가,

"그럼 난 가네."

하고 발길을 옮기기 시작했을 때도 곽 서방은 여전히 그 멍한 표정으로 멀뚱멀뚱 그를 바라보고만 있었다.

그날 오후— 마을로 돌아오는 곽 서방의 심사는 어느 때보다도 허전하기 그지없었다. 그는 다리에 힘이 하나도 없이 흐느적흐느적 넘어질 듯 길을 걷고 있었다. 차라리 매값이 적다고 투정이라도 잔뜩 들었다면 마음이 후련할 것 같았다. 마음이 꺼림칙하다

못해 화가 치밀어 올랐다. 영리한 서 영감도 그것까지는 미처 예상을 하지 못했을 것이었다. 애초부터 매값 대신 마을로 들어가 매를 부려 줄 수 있으리라고는 기대를 하지 않았다. 하지만 녀석이 매를 안겨 주고는 사례를 한 푼도 받지 않고 도망치듯 자리를 비켜 버리리라고는 상상조차 못했던 일이었다. 한데다 오히려 제 편에서 술값까지 치르고 가는 녀석의 언사는 분명 그를 몹시도 동정하는 눈치였다. 그래 가령 형편이 그토록 궁색하다 치자— 그렇다고 매를 그냥 돌려받아서야 얼굴이 서는 일인가. 그는 오는 길에 다시 주막을 한 곳 들러 술을 마시기 시작했다. 아무래도 매값을 다시 마을로 가지고 돌아갈 수는 없었다. 낯선 영감들이 몇 술자리를 펴고 앉아 있다가 곽 서방이 매를 가지고 주막을 들어서는 것을 보고는,

"어허 매잡이로군?"

자기들끼리 아는 체들을 했다. 신기한 사람을 보게 되었다는 눈들이었다. 곽 서방은 본체만체 자리를 따로 잡고 앉아 술을 청했다. 그러자 영감들은 이내 자기들의 이야기로 다시 관심이 돌아가 버렸다.

곽 서방이 주막을 나온 것은 허리춤에 접어 넣었던 매값이 다 떨어지고 난 다음이었다. 그러나 그는 워낙에 호주*인 데다 이미 밑자리를 깐 술이 되어 새삼 더 걸음걸이가 흐트러지진 않았다.

*호주: 술을 많이 마시는 사람.

애초에 술값을 정확히 따지지도 않았고 주모가 갖다주는 대로 그저 안주 접시만 자주 비워 냈기 때문에 제 주량에 비해선 아직도 크게 술기가 과하지 않은 때문이었다. 무엇보다 그 쌀 한 말 값이라는 것이 대단한 술값은 아니었으니까. 그러나 이제 그의 기분은 아까처럼 꽉 막혀 있지를 않았다. 그는 매잡이로 산을 탈 때 가끔 부르던 노래를 흥얼거리기 시작했다. 그리고 천천히 산길을 오르다 보니 비로소 조금씩 다리가 떨려 오기 시작했다. 해가 저녁 나절 양지를 비추고 있어서 그는 이른 봄 날씨에도 등골에서 뽀속뽀속 땀기까지 솟았다. 그러자 곽 서방은 문득 어디서 다리를 잠시 쉬어야겠다고 생각했다. 부지런히 마을을 찾아 들어가야 할 이유가 없었다. 마을도 집이 있고 가족이 있는 사람의 마을, 곽 서방에게는 매잡이를 불러 주는 곳이 제 마을이었고 제 집이었다. 그런데 이제는 그를 불러 주는 마을이나 집이 없었다. 물론 기다릴 가족도 없었다. 지금 그가 드나드는 곳이 제 마을이 되어 버린 것은 그가 바로 그 마을에서 영 주인 없는 매잡이 신세가 되어 버렸기 때문이었다. 피곤한 다리를 서둘러 갈 이유가 없었다. 그는 바람이 막힌 양지를 골라 다리를 편하게 내려 뻗고 누웠다. 그리고 언제나의 버릇대로 번개쇠를 팔목에 앉혀 배 위에 얹고는 이내 깊은 잠 속으로 빠져 들어갔다.

그런데 마을에서 옛날대로의 곽 서방을 본 것은 그것이 마지막이었다. 그날 장길에서 돌아오다 곽 서방을 만난 사람들은 여느

때처럼 약간 빈정거리거나 우스개로 보이기는 했어도,

"곽 서방이 장에 갔다 오는갑네."

"매를 찾았으니 아들을 찾았구만."

하고들 인사를 했고, 곽 서방도 그땐 술김에 제법 기분 좋은 대꾸를 했는데, 그것이 곽 서방과 마을 사람들과의 마지막 대화가 되고 만 것이다.

그 산길 한 모퉁이에서 어스름이 들 때까지 잠을 자고 있는 곽 서방을 발견하고 그를 깨운 것은 해 늦은 장길에서 돌아오던 버버리네 아버지였다. 그때, 잠에서 깨어났을 때부터 곽 서방은 전과 영 사람이 달라져 있었다. 어떻게 달라졌는지는 알 수 없는 일이었다. 혹은 달라진 게 없다고 해야 할지도 모른다. 그는 그때부터 갑자기 벙어리가 된 것처럼 누구의 말에도 일절 대답을 하는 일이 없었고 혼잣말을 하는 일조차 없어져 버렸기 때문이다. 그때 그는 아마도 무슨 꿈이라도 꾸었던 것일까. 그래서 그 꿈이 그에게 어떤 무서운 충격이나 암시를 준 것이었을까. 버버리 아버지가 곽 서방을 깨워 놓았을 때 그는 무슨 꿈을 꾸다 깨어난 사람처럼 주위를 몹시 두리번거렸고, 그리고 낯선 사람을 보듯 한 눈으로 자기를 유심히 쳐다보더라고 했다. 그러나 그가 꿈을 꾸었는지, 또 꿈을 꾸었다면 어떤 꿈을 꾸었는지 역시 누구도 알 수 없는 일이었다. 확실하게 변한 것은 그가 말을 잃고 말았다는 것뿐이었다. 그러나 곽 서방이 그보다 근본적으로 사람이 달라진 것은 그때 순순히 매를 안고 돌아온 그가 마을에서 시작한 기이한 행동들이었다.

곽 서방은 마을로 돌아오자 버버리 소년의 방을 차지하고 누워 내처 번개쇠를 굶기기 시작했다. 버버리 소년에게마저도 한마디 말이 없이 방구석에만 박혀 뒹굴면서 녀석을 굶겨 댔다. 중식 소년은 처음 그것이 또 사냥을 준비하고 있는 것이라고 생각했다. 그러나 이상한 것은 그가 가져다주는 음식물을 곽 서방 자신도 입에 대지 않는다는 점이었다. 그러니까 곽 서방은 매와 자신이 함께 굶기 시작한 것이었다. 그리고 번개쇠를 잠재우지 않듯이 자신도 함께 잠을 자지 않았다. 소년이 없을 때만 잠을 자는지는 모르지만, 적어도 그가 곁에 있을 때는 언제나 곽 서방의 눈이 멀뚱멀뚱 천장을 향해 있었다. 처음부터 배를 주리다 마을을 찾아 들어왔던 번개쇠는 급속히 기운이 마르기 시작했다. 기운이 약해져 가는 탓엔지 감기기도 점점 더 심해져 갔다. 곽 서방이 사냥 준비를 하려는 것이 아니라고 소년이 확실히 짐작하게 된 것은 번개쇠가 영 기력을 잃고 만 것을 보게 되었을 때였다. 사냥 준비로 매를 굶긴다 해도 그것은 정도 문제였다. 이제 번개쇠는 숨을 깔딱거리며 제 몸조차 이기지 못하고 자꾸 모로 쓰러지려고 했다. 더구나 곽 서방도 그 매에 못지않게 눈두덩이 움푹 패어 들어가고 있었다. 소년은 까닭을 알 수가 없었다. 곽 서방은 말을 하지 않았다. 그 사람 좋던 곽 서방이 눈이 움푹 패어서 말도 하지 않고 멀뚱거리기만 하거나 자기를 멍하니 쳐다볼 때 소년은 오싹 소름이 끼쳐

오기까지 했다. 그러나 소년은 곽 서방을 내쫓을 수는 없었다. 마을에서들은, 특히 서 영감은 곽 서방에게 진짜 매 귀신이 붙은 거라고 했다. 그러나 소년은 기다렸다. 자기만은 필경 곽 서방의 곡절을 알게 되고 말리라는 자신이 있었다. 그런데 그러기를 꼬박나흘— 그 나흘째 되던 날 저녁 무렵 곽 서방이 별안간 문을 열고밖으로 나왔다. 그는 엉금엉금 안채 쪽으로 건너가 마룻장 밑에얽어 놓은 닭장에서 지금 막 저녁 잠자리로 들어온 장닭 한 마리를 꺼내 들었다. 그러고는 다시 사랑채 방으로 들어가서 번개쇠를안고 나왔다. 소년과 아버지는 지금부터 정말 무슨 일이 일어나려나 숨을 죽이며 그의 거동을 지켜보고 있었다. 곽 서방은 자기를지켜보는 눈들에는 아무 관심도 없는 듯 천천히 번개쇠의 다리에서 줄을 풀어 주었다. 줄을 풀어 주면서 그는 번개쇠를 새삼 찬찬히 들여다보았다. 조그만 콧구멍에선 물이 흐르고, 놈은 연신 그물을 튀기며 킥킥 재채기를 해 댔다. 그는 매의 줄을 다 풀고 나서닭을 땅 위로 떨어뜨려 주었다. 번개쇠의 방울 소리만 듣고도 겁에 질려 오금을 펴지 못하고 있던 녀석이 곽 서방의 손을 벗어나자마자 무작정 마당가로 내달리기 시작했다. 곽 서방이 도망가는닭 쪽으로 매를 홀쩍 던졌다. 번개쇠는 그 짧은 공간을 날아 닭을쫓았다. 그러자 번개쇠의 추격을 알아차린 닭은 거기서 그냥 납작하게 땅에 엎드려 붙고 말았다. 번개쇠가 그 닭을 호되게 후려 때렸다. 감기에 시달려 온 놈이기는 하지만 거기까지는 그래도 제

기개를 잃지 않은 것 같았다. 그러나 곧바로 닭의 목을 집어 문 번
개쇠 놈은 제풀에 힘이 겨워 헐떡거리기 시작했다. 곽 서방은 방
문을 열어젖히고 문지방에 걸터앉아 그 광경을 멍하니 바라보고
있었다. 닭은 아직 숨이 끊기질 않아서 목을 물리고도 푸덕거리기
를 그치지 않았다. 죽을힘을 다 내뽑는 닭을 약한 번개쇠가 쉽사
리 처리하지 못하고 있었다. 놈은 닭의 목 부근을 물고 흔들고 찢
고 하면서 퍼덕이는 닭과 거의 함께 땅에서 뒹굴고 있었다. 닭의
목에서인지 번개쇠의 어디에서인지 드디어 검붉은 피가 튀기 시
작했다. 소년과 아버지는 손끝 하나 꼼짝하지 않은 채 끝까지 그
광경을 지켜보고 있었다. 끔찍한 번개쇠의 공격이 성공하여 마침
내 닭의 가슴이 열렸다. 번개쇠는 마치 새 귀신처럼 머리에 붉은
피를 뒤집어써 가며 닭의 내장을 쪼아 먹기 시작했다. 핏빛이 진
한 가슴께 내장만 파먹었다. 그러면서 놈은 가끔 부리를 흔들어
댔기 때문에 제 깃에는 물론 부근 땅바닥에도 핏방울을 뿌려 댔
다. 이윽고 번개쇠는 허기가 가신 듯 닭을 버리고 부리를 문질렀
다. 갑작스런 포식으로 기력이 쇠진한 듯 처음보다도 몸이 더 비
틀거렸다. 다른 때 같으면 하늘로 날아올라 버릴 궁리부터 했을
놈이 계속 주위를 어정거리고만 있었다. 한두 번 수상한 몸짓을
해 보이긴 했지만 놈은 그냥 쳐들었던 머리를 내려박아 버리곤 했
다. 그러자 놈의 거동만 가만히 지켜보고 있던 곽 서방이 드디어
끙 자리에서 일어났다. 그러고는 천천히 번개쇠 곁으로 다가가 놈

160

을 한 손으로 덥석 안아 들었다. 그러고는 말 한마디 없이 그대로 사립문을 걸어 나가 버렸다. 바깥은 방금 어스름이 내리고 있었다. 곽 서방은 번개쇠를 안은 채 바로 뒷산 솔밭 속으로 사라져 가고 있었다. 버버리 부자는 그제야 겨우 자기 집 닭 한 마리가 엉뚱한 소동결에 죽어 간 것을 깨달았다. 그리고 소년은 곽 서방의 거동을 좀 더 따라가 봐야겠다고 생각했다. 한데 그렇게 혼자 사립을 나간 곽 서방은 그 뒷산 솔밭에서 매를 띄워 보내려고 한사코 애를 쓰고 있었다. 아무래도 날 생각이 없어 보이는 번개쇠를 자꾸만 하늘로 띄워 올리려고, 잡아서는 날리고 또 잡아서는 날리고…….

그날 밤 곽 서방은 소년의 방으로 돌아오지 않았다. 심상찮은 생각이 들었지만 밤이 늦어 어디로 그를 찾아 나서 볼 수가 없었다. 늦도록 곽 서방을 기다렸으나 소년은 할 수 없이 혼자 잠이 들고 말았다. 아침에 눈을 떴을 때도 곽 서방은 곁에 있지 않았다. 간밤에 방을 왔다 간 흔적도 없었다.

여느 때보다 늦은 아침을 먹으면서 소년은 아버지에게서 새삼 괴이한 이야기를 들었다. 곽 서방이 윗마을 서 영감네 헛간에 누워 있다는 것이었다. 여전히 말을 하지 않을 뿐 아니라 곡기도 전혀 아직 입에 대려질 않는다는 것이었다. 번개쇠는 기어이 날려 보내고 말았는지 이제 곽 서방은 매를 가지고 있지도 않다더라고.

소년은 상을 물러나자마자 그 서 영감네 헛간으로 달려갔다. 가 보니 과연 거기 곽 서방이 멀뚱멀뚱 눈을 뜬 채 죽어 가는 사람처럼 하고 누워 있었다. 숨을 쉬는 기색조차 알아볼 수 없었다. 구경삼아 달려온 마을 사람들이 곽 서방을 이리저리 달래고 있었다. 어떤 여자들은 누룽지 그릇을 곁에 가져다 놓고 있기도 했다. 그러나 곽 서방은 그 어느 누구에게도 살아 있는 사람의 기척을 해보이지 않았다. 그는 이미 절반쯤은 죽어 있는 사람 한가지였다.

이제 다시 이야기를 본 줄거리로 돌리는 것이 좋겠다. 매잡이 곽 서방의 기이한 단식은 그렇게 시작된 것이었고, 그러니까 내가 갔을 때는 이제 마을 사람들조차 그 곽 서방의 일엔 싫증을 내고 있었을 때였다. 곽 서방이 누워 있는 헛간의 안채에서 서 영감은 '정말 매 귀신이 들어앉았다'고 화를 냈지만, 그러고 있는 곽 서방을 내다본 일은 아직 한 번도 없다고 했다.

그런데 또 한 가지 신통한 일은 소년이 가지고 있는 매에 관한 것이었다.

"그럼 네가 가지고 있는 곽 서방 매는 어떻게 다시 갖게 된 거지?"

나의 물음에 소년은, 곽 서방이 매를 아주 날려 보냈으려니 하고 있었는데, 다음 날, 그러니까 곽 서방이 헛간으로 가서 누운 다음 날 번개쇠가 다시 마을로(그것도 바로 버버리 소년의 집으로) 들어왔다는 것이었다. 그래서 소년은 처음 번개쇠를 다시 곽 서방

162

에게로 가지고 갈까도 생각했지만 어쩐지 그래서는 안 될 것 같은 생각이 들었댔다. 그리고 지금은 그 번개쇠를 자기가 가지고 있는 것조차 왠지 무척 화를 낼 것 같아 곽 서방에게는 사실을 감추고 있다는 것이었다. 소년이 매를 다시 기르기 시작한 것을 보고 아버지마저 몹시 핀잔을 주었지만 소년은 절대로 그 매를 다시 돌려보내지 않겠다고. 소년은 자기의 매를 갖고 싶으며 또 사냥도 하고 싶다고 했다. 소년의 아버지 역시 한 번도 고집을 꺾어 본 일이 없는 녀석의 성미를 알기 때문에 할 수 없이 그대로 그를 버려 둔 눈치였다.

하여튼 그 모든 이야기를 듣기 위해 나는 산을 이틀이나 더 타야 했다. 물론 사냥 수확은 없었다. 그러나 이젠 소년도 허탕만 치는 일로 나에게 그리 미안해하는 것 같지가 않았다. 그는 허탕을 치고 돌아오면서 마치 나를 부린 값이라도 치르듯 곽 서방의 이야기를 들려주곤 하였다. 그러나 사흘째 되는 날부터 나는 더 이상 소년을 따라나설 수가 없었다. 번개쇠가 불쌍하니 사냥은 그만하고 이제 먹을 것을 주자고 했더니 소년은 머리를 끄덕이고 그날은 사냥을 나가지 않았다. 그러곤 어디서 구해 왔는지 참새 두 마리를 잡아다 매에게 먹였다.

"언제나 참새를 주니?"

하고 물었더니, 개구리철에는 개구리를 먹이고 어떤 때는 닭을 잡아 먹이기도 한다고 했다. 그래 가을이 되어 길이 다 든 매는 제

값을 받자면 쌀 몇 가마 값은 된다는 것이었다. 그런 이야기 저런 이야기로 그날은 방 안에서 소년과 해를 보냈다.

그날 저녁이었다. 초저녁에 소년이 윗마을 영감네 헛간으로 간 뒤 나는 혼자 방에 남아 뒹굴다가 그냥 불을 끄고 잠을 청했다. 소년은 전날에도 그렇게 혼자 서 영감네 헛간으로 갔다가 아침에 일어나 보면 어느 결엔지 곁에서 잠이 들어 있곤 했기 때문이었다. 나 역시 그사이 곽 서방을 몇 번 헛간으로 찾아가 봤지만 위인은 언제나 마찬가지 자세로 눈두덩만 더 앙상하게 드러내고 있을 뿐이었다. 도대체 사람이 온 기척조차 느끼지 못하는 곽 서방을 이 밤엔 찾아가고 싶지가 않았던 것이다. 더욱이 음식이 입에 닿지 않은 데다 이 며칠 무리하게 산을 탄 바람에 이날은 몸을 움직이기가 싫었기 때문이었다.

이윽고, 자리를 고쳐 앉을 때 울리는 매의 방울 소리가 점점 희미하게 들려오기 시작했다. 그런데 바로 그때, 버버리 녀석이 헐레벌떡 방으로 뛰어 들어오며 냅다 나를 흔들어 깨웠다. 나는 얼떨결에 자리에서 일어나 머리맡 성냥불을 더듬어 밝혔다.

"왜 그래. 무슨 일이야?"

무턱대고 팔을 끌어 대던 소년이 그제야 사연을 일러 주었다. 곽 서방이 나를 찾고 있다는 것이었다.

"곽 서방이 말을 했단 말이야?"

나는 번쩍 기묘한 예감이 지나갔다. 어슴푸레나마 소년이 서두르는 이유를 짐작할 수 있었다. 아니 소년과는 정반대 이유로 나도 역시 그를 따라 서둘러 대었다. 곽 서방이 정말 말을 했다고 소년은 밭둑길을 뛰어가다시피 하며 설명했다. 그리고 그가 웬일로 이 밤중에 갑자기 나를 불러 달라 부탁하더라는 것이었다. 이상한 일이었다 곽 서방이 어떻게 말을 시작했을까. 그리고 왜 그가 나를 만나자고 했을까. 그러나 그보다도 더 이상한 것은 그때 나는 그런 것을 실제로는 조금도 이상하게 생각하지 않고 있었다는 점이었다. 그가 말을 시작한 것도, 하필 나를 찾는 것도 모두가 그저 다 당연한 것처럼, 그리고 나는 여태까지 바로 그때를 기다리고 있었던 것처럼 서둘러 곽 서방에게로 뛰어간 것이었다…….

곽 서방은 정말 나를 기다리고 있었다. 그는 전과 다름없이 꼬직히 헛간 지푸라기에 싸여 누워 있었으나, 깊이 가라앉아 가기만 하던 눈망울이 처음으로 나를 향해 움직이고 있었다. 얼굴 근육까지 조금씩 움직이는 것 같았다. 나는 그것으로 곽 서방이 나를 아는 체하는 줄을 알 수 있었다.

"민…… 민 선생을…… 가서…… 만…… 나…… 지요……?"

이윽고 그가 꺼져 가는 듯한 목소리로 내게 물었다. 그 말 한마디 한마디마다 곽 서방은 너무 여러 번씩 입술을 움직인 끝에 겨우 소리를 만들어 냈기 때문에, 그 조금씩밖에 벌리지 않은 입술 사이에서는 소리가 미처 되어 나오질 못하거나, 아니면 너무 오래 말을 하지 않고 있어서 잊어버린 말이 다시 생각나기를 기다리는 것처럼 보였다. 그는 그렇게 띄엄띄엄 말했다. 그러나 그의 말은 흐린 눈동자와는 달리 일단 의사가 확실했다.

"제 친굽니다. 가서 만납니다."

나는 그의 귀가 이미 깊은 영혼 속에서만 열려 있어 그곳까지 소리가 들리게 하기가 퍽 어려울 것만 같이 생각되어 터무니없이 큰소리로 말했다. 곽 서방이 조금 머리를 끄덕였다. 반가움을 표하는 것이 아니라 이미 알고 있다는 표정이었다.

"내 이야기를…… 전해…… 주시겠소?"

곽 서방은 다시 나에게 말하면서 눈을 치떠 나를 쳐다보았다.

"물론이지요. 한데 뭐라고 전해야 할지. 이러고 계시는 까닭이 뭡니까?"

그 말에 곽 서방은 다시 한 번 염려스럽게 나를 쳐다보았다.

"좋은 사람……입니다. 내 평생…… 가장…… 긴 이야기를 했던 사람이…… 민 선생이었소."

얼핏 딴소리 같은 말만 하더니,

"아마 민 선생은…… 짐작할지 모르지요. 마음이 워낙…… 깊은 분이니께……."

하고 다시 한마디를 덧붙였다.

"민 선생에게 짐작될 일이라면 제게 말씀해 주셔도 무방하실 텐데요."

그러나 곽 서방은 다시 입을 다물어 버렸다. 그런데 나는 바로 그때 두고두고 후회할 실수를 저지르고 만 셈이었다. 사실을 말하자면 나는 그때 곽 서방이 민 형과 무슨 이야기를 했었는지를 물어야 했었다. 그리고 민 형이 곽 서방에게 했던 말들을 알아 뒀어야 하였다. 그랬더라면 이번 일도 어느 만큼은 속사연 짐작을 할 수 있었을지 모른다. 하나 나는 너무 사건에 맞닿아 있었기 때문에 그런 여유마저도 가질 수가 없었다.

　하여튼 그날 밤 곽 서방의 이야기는 그것뿐이었다. 그러나 나는 다시 소년의 집으론 돌아오지 못했다. 어떤 예감이 있었기 때문이었다. 나는 그날 밤 날이 샐 때까지 모든 일을 빠짐없이 보아 두었다가 그것을 민 형에게 전하리라 생각했다. 그러나 나는 사실 민 형에 대한 그런 부채감보다 나 스스로 그곳을 떠날 수 없는 어떤 강한 힘에 붙잡혀 있었다. 버버리 소년도 물론 나와 같이 있었다. 그리고 그런 나의 예감은 빗나가지 않았다. 우리는 조금 뒤에 곽 서방 곁에 쪼그리고 앉아 잠시 눈을 붙인 것 같았는데, 우리가 정신이 들었을 때는 벌써 날이 희끄무레 밝아 오고 있었다. 그리고 그때 곽 서방은 이미 숨을 거두고 있었다.

　곽 서방은 그날 아침으로 대발*에 말려 어떤 조그만 산모퉁이에 묻혔다. 그리고 장례가 끝나자마자 나는 서울로 떠날 차비를 했다. 한데 웬일인지 그때부터 소년이 내게 영 말대답을 해 오지

*대발 : 대를 엮어서 만든 발.

않았다. 녀석은 원래 벙어리니까 소리를 내어 말을 하진 않았다. 그러나 소리를 내지 못하는 대신 어떤 경우에는 소리를 가진 사람보다 더 수선스런 행동을 할 때도 있었다. 그러던 녀석이 그때부터 갑자기 내게 말대꾸를 해 오지 않았다. 하염없이 매만 만지작거리고 있었다.

"이제 사냥철도 지나갔는데 그 매 산으로 보내 주지 않을래?"

그런 물음에도 소년은 역시 묵묵부답이었다. 숫제 내 말을 알아차리지조차 못한 표정이었다.

"그리고 그건 원래 곽 서방 거였다는데, 이젠 주인도 죽고 없는데……"

"……"

그러나 나는 끝내 소년의 가장 깊은 정곡을 찾아내고 말았다.

"그리고 보니 이번엔 네가 또 매잡이가 되고 싶은 게로구나."

그 소리에 소년은 짐작했던 대로 번쩍 머리를 쳐들고 나를 쳐다보았다. 그 표정이 참으로 심상치가 않았다. 소년이 처음 머리를 들고 나를 쳐다보았을 때 그 눈에는 뜻밖에도 어떤 무서운 증오 같은 것이 서려 있었다. 그리고 무서운 반발이 숨어 있었다. 나는 소년의 그런 눈길을 받고 나서 흠칫 한걸음 몸을 뒤로 물러서기까지 했다. 괴팍하고 사나운 벙어리의 본능이 덩어리져 나오고 있는 것 같았다. 나는 그 눈 때문에 방금 내가 무슨 말을 했는지도 잠시 잊어버리고 있었다. 소년이 무엇 때문에, 그런 눈을 하는지 알 수

168

가 없었다. 그리고 나의 말이 생각났을 때도 나는 소년이 무엇을 그토록 증오하고 반발하는 것인지 알 수가 없었다. 그 소년의 눈이 나에게서 좀처럼 떠날 줄을 몰랐다. 그래서 그렇게 보였던 것일까. 이윽고 그 소년의 눈에는 애초의 증오 대신 서서히 어떤 슬픔기 같은 것이 차오르고 있었다. 그리고 그것은 그 간밤의 곽 서방의 눈길까지 연상시키고 있었다…….

나는 어쩌면 녀석이 또 매잡이 노릇을 계속할지도 모른다는 생각을 하면서 그날로 소년과 마을을 하직하고 서울로 돌아왔다. 그리고 서울로 가는 차를 타게 되면서부터는 비로소 민 형을 다시 생각하기 시작했다. 무엇보다 나는 그때 서울을 떠날 때와는 또 다른 수수께끼를 품어 가고 있었기 때문이었다. 그 수수께끼를 민 형과 함께 풀어 보리라고 생각했다. 도대체 곽 서방의 죽음은 무슨 뜻을 지닌 것인가. 곽 서방은 왜 그런 해괴한 죽음의 방법을 생각한 것인가. 곽 서방의 소식을 듣고 민 형은 그 모든 수수께끼의 대답을 어떻게 풀어낼 수 있을 것인가.

그러나 서울에는 또 하나의 수수께끼가 나를 기다리고 있었다. 뜻밖에도 민 형이 그 사이에 자살을 하고 만 것이었다. 내가 시골로 떠난 다음 날이었다고 했다. 내가 서울로 돌아왔을 땐 민 형은 이미 자신의 유언에 따라 한 줌 재가 되어 강물로 뿌려진 다음이었다. 나를 기다린 것은 그의 간단한 유서 한 장과 유서에서 밝힌 두 가지 비장품뿐이었다. 앞에서도 말했듯이 그 밖에 그에게선 다른 아무것도 남겨진 것이 없었다. 그러니까 나는 그것으로 이를테면 그가 가지고 있던 마지막 재산으로 여행을 하고 온 셈이 된 것이었다.

여행 이야기가 꼭 좋은 소설이 되기 바라네. 그리고 여기 나의 취재 노트를 자네에게 넘기고 가네. 혹 소설로 만들 만한 것이 있을진 모르겠네만. 또 하나 밀봉한 봉투는 2, 3개월 날짜가 지나서 적당한 시기에 꺼내 보라고 특히 부탁하네…….

그가 내게 남기고 간 유서의 내용이었다.

마치 한 1년 어디로 여행을 떠나면서 부탁을 남기고 있는 투였다. 그 유서에는, 자세히 읽어 보니 세 가지 다짐이 들어 있었다. 첫 번째로 내가 여행에서 돌아오면 소설을 한 편 써 발표하라는 것, 두 번째로는 가능한 대로 자기의 취재물을 소설로 완성시켜 보라는 것, 그리고 세 번째 부탁은 무엇인지 모를 그 봉투의 물건을 일정한 기간 후에 꺼내 보라는 것이었다. 어세가 그렇게 강한 것은 아니었지만, 죽음을 이마에 대고 있는 사람의 이야기라는 것을 생각할 때, 그것은 산 사람이 몇십 번을 되풀이 강조한 것보다 더 엄숙하고 확실한 것이었다.

나는 그의 첫 번째 부탁을 금방 이행했다. 아니 그것은 그의 부탁 때문이 아니었다. 나는 서울로 돌아올 때부터 벌써 작품을 생각하고 있었다. 민 형의 예언이 적중한 셈이었다. 매잡이 사내의 기이한 죽음이 순간순간 나를 긴장시켰다. 확실하지는 않았지만, 필경 나는 소설을 쓰지 않고는 견딜 수 없으리라는 것을 마을에서 부터 벌써 알고 있었다. 나는 민 형에게 그 매잡이 사내에 대해 훨씬 많은 것을 들을 수 있으리라 기대했었다. 한데 서울로 돌아와 보니 민 형은 이미 저세상 사람이었다. 그것은 한층 더 나를 긴장 시켰다. 그 우연은 마치 민 형이 매잡이의 죽음을 미리 알고 있었 던 듯한 생각마저 들게 했다. 그리고 매잡이의 죽음과 민 형의 죽 음에는 자꾸만 어떤 관련이 있는 것처럼 나의 머릿속으로 함께 얽 혀 들었다. 나는 애초 매잡이 사내의 죽음을, 민 형의 죽음을 중심 으로 한 소설 계획 속에 함께 관련지어 넣으려 생각했다. 그러나 그것은 다만 나의 욕심뿐이었다. 두 죽음을 연결시킬 근거가 나에 게선 아무래도 분명해지질 않았다. 모든 것이 그저 느낌뿐이었다. 소설이 무척 애매하고 어려워졌다. 나는 할 수 없이 이야기에서 민 형을 제외할 수밖에 없었다. 우선 매잡이 사내의 이야기만으로 나의 능력껏 한 편의 소설을 썼다. 그것이 나의 최초의 「매잡이」 였다. 그것으로 일단 나는 민 형의 첫 번째 부탁을 이행한 셈이었 다. 하지만 그것으로 내가 매잡이 사내와 민 형 사이의 그 이상한 연관성을 포기해 버린 것은 아니었다. 두 사람의 관계에 대한 나 의 느낌이 틀림없으리라는 확신도 여전했다. 나는 그 확신을 증명 하려고 했다. 그런데 좀체 방법이 없었다. 민 형이 남긴 흔적이라고는 거의 아무것도 없는 것이 그 일을 더욱 어렵게 했다. 밀봉한 봉투는 그 적당한 시기라는 것이 언제가 될지 몰라 당분간은 거의 잊어버린 상태로 서랍 깊숙한 곳에 넣어 두고 있었다. 민 형에 관해서 생각할 수 있는 물건은 민 형이 나에게 소설로 만들어 주기를 바라면서 남겨 준 비망 노트 한 가지뿐이었다. 그러나 그 노트도 민 형의 죽음과 매잡이 사내와의 관계를 추리하는 데는 별반 도움이 되지 않았다. 앞서도 얘기한 일이 있지만, 그 취재 노트는 정말 경탄할 만한 것이었다. 아까운 일이었다. 물론 지금도 나는 그중의 대부분을 언젠가는 소설로 만들 욕심이고 또 실제로 몇몇은 머지않아 곧 작품이 이루어지게 되리라고 단언을 할 수도 있다. 그러나 어떻게 내가 그 하나하나의 소재를 취재할 때의 민 형의 뜻을 충분히 살려 낼 수 있을 것인가. 망인(亡人)에게 죄스럽기는 하지만 소재 해석은 천상 나의 방법을 따를 수밖에 없었다. 그러자면 그 많은 민 형의 노력의 결과는 한낱 사전 지식 구실밖에 할 수 없게 될 것이다. 그것은 마땅히 민 형 자신의 소설 구상을 통해서 작품으로 이루어졌어야 할 것들이었다. 가령 그런 점을 떠나 민 형에 대한 인간적 관심으로 볼 때도 그것은 역시 안타까운 일일 수밖에 없었다. 민 형의 그런 생은 마치 자신은 소설가가 될 수 없음을 너무 일찍 체념으로 받아들이고, 자료 수집 따위로나 자신도 문학의 어떤 몫에 참여하고 있다는 최소한의 인간적 욕구를 만족시키고 있었던 것같이 생각되는 것이었다. 정말로 민 형은

172

소재 수집 자체를 생의 과업으로 자족했던 것일까. 그것도 한편으로는 머리가 숙여지는 일이었다. 그러나 그보다도 역시 그와 가까운 친분으로서는 민 형의 그러한 생 전체가 오히려 하나의 큰 좌절로 느껴졌다. 그래서 그가 안타깝고 아쉬웠던 것이다. 그런데 중요한 것은 바로 그 민 형의 자상하고 철저한 취재 노트에는 하필 전에 그가 나를 시골 마을로 내려 보내면서 얼핏 펼쳐 보여 줬던 매잡이에 관한 기록이 뜯어 없어져 버린 사실이었다. 노트 석 장이 떨어져 없어지고 그 뜯어진 다음 장에 매잡이에 관한 아주 평범한 사전적 지식이 조금 계속되고 있을 뿐이었다. 하지만 뒤에 이어지고 있는 기록들로 보아 뜯어 없앤 것은 분명 그 매잡이 사내에 관한 기록이었을 게 틀림없었다.

—매과 매속의 맹조의 총칭. 수리에 비하여 몸이 소형인데 부리가 짧으며 윗부리의 가장자리 중앙에 이빨 모양의 돌출부가 있다. 발가락이 가늘고 날개와 꽁지가 비교적 폭이 좁다. 다리의 발꿈치에 있는 비늘은 앞뒤가 모두 그물 모양이며 머리 위와 눈 주위 주둥이 근처가 흑색이고 등은 회색, 허리와 꼬리는 연한 색이고 검은 가로무늬가 있다. 주둥이는 창각색(蒼角色)—엽막(獵膜)과 다리는 황색, 민속하게 날개를 놀리어 수리보다 빠르게 난다.

—날개 길이 30cm, 부리 2.7cm.

—보라매, 새매, 송골매, 해동청(海東靑:한국산. 특히 중국에서

진가가 인정되고 있음).

——한(韓), 중(中), 일(日), 아시아, 북아프리카, 동유럽 등지에 서식.

——1년 길들인 것→갈지개. 2년→초진이(初陳伊)=초지니. 3년→삼진이. 산진이=산지니.

——한국 북쪽 지방(중국 대륙에서 들어옴. 몽고 풍속→유럽 일부에도 있음).

——매두피, 매를 잡는 기구, 명주 그물, 매 사냥, 매찌, 매의 똥, 매치, 매를 놓아 잡는 꿩, 짐승, 매팔자=개팔자.

——매잡이. 매를 잡는 사내→사전 ×(현지에서는 '매를 부리는 사람을 매잡이'라고 함 ○). ※손잡이.

——매치는 절대로 팔지 않았음. 마을 잔치에 부조를 하고 부조받는 사람은 떡시루나 술말로 보답함. 요즘은 시장으로 나가는 일이 있고 약이나 총으로 잡은 것보다 값이 있다고 함.

이것이 뜯어지지 않고 남아 있는 매나 매잡이에 관한 기록의 전부였다. 그것은 다만 사전 지식에 불과했고, 그의 의견이 엿보이는 곳이라고는 '매잡이'를 사전 해석에 따르지 않고 취재 지역에 따르려고 했다는 것 정도였다. 나로서도 그것이 옳은 듯했다. 매잡이의 '잡이'는 잡는 이라는 뜻이기보다 민 형이 참고로 ※표로 보인 것처럼 잡는 것, 즉 '손잡이'의 '잡이'에 가까운 것 같았다. 매

174

잡이 사내는 언제나 매를 팔뚝에 올려 앉히고 다녔다. 사내의 팔뚝은 매의 앉을 잡이였다. 그래서 아마 그쪽 사람들은 매 부리는 사내를 매잡이라고 하는 것 같았다. 그러니까 이 매잡이라는 말은 물론 나 역시 지금까지도 그런 뜻으로 써 오고 있는 터이다.

그러니 그 정도는 나에게도 기록이 남아 있으나 마나였다. 그것을 뜯어 없앤 것은 물론 민 형이었을 것이다. 나는 그 뜻을 짐작하기가 어려웠다. 어떤 이유에선가 매잡이 기록을 뜯어내면서 뒷부분을 그대로 조금 남겨 둔 것은 민 형 자신도 그건 있으나 마나 한 거라고 대수롭잖게 생각했기 때문일 터였다. 따라서 그것은 내가 민 형과 그 곽 서방의 죽음 사이의 비밀을 캐내 보려는 노력엔 아무 소용도 없는 것이었다.

왜 민 형은 그것을 뜯어 없애 버린 것일까. 상식적으로 이해하자면 민 형은 나에게 취재 여행을 권유한 터였으므로 그 기록을 남겨서 내가 쓸 작품 의도에 어떤 간섭을 주지 않으려고 그랬다고 생각할 수 있었다. 그러나 앞뒤 사정이나 그의 죽음 같은 것이 그렇게 간단할 것 같진 않았다. 어째서 그는 나에게 하필 그 산골로 여행을 권한 것인가. 그리고 자기가 얻어 낸 모든 자료를 끝내 감추고 죽어 버린 것인가. 더욱이 왜 나에게 군이 그 매잡이에 관한 소설을 쓰게 한 것일까. 아무것도 해명되지 않았다. 나의 생활은 자꾸만 그 사실의 거죽 위에서 겉돌고 있는 느낌이었다. 사실 그 모든 것은 단순한 몇 가지 우연의 연속에 지나지 않을지 모른다는 생각도 들었다. 그러고는 그만 그런 생각에서 떠나려 해 보기도 하였다. 그러나 나는 어느 틈에 다시 그 의문 속에서 머리를 썩이고 있었다.

그러나 그런 관심도 어느 땐가는 시간과 더불어 차츰 퇴색해 가게 마련이었다. 영영 해답을 얻어 낼 길은 없고, 해답을 위해 조사를 해볼 자료도 없고, 거기다 또 나대로의 작품 의욕에 휘말리기도 하다 보니 그것은 결국 나의 심층 속으로 깊이 잦아들어 버리는 듯했다. 더욱이 그것을 아주 의식의 밑바닥까지 밀어 넣어 버리기로 마음먹은 것은 내가 또 한 번 그 시골 산골을 다녀오고 난 다음이었다. 답답하다 못해 나는 다시 그 산골 마을을 찾아갔었다. 물론 거기서 신통한 해답을 얻을 수 있으리라는 기대를 갖지는 않았다. 만약 그러리라 생각했다면 나는 벌써 열 번이라도 그곳을 찾아갔을 것이다. 그러나 나는 그곳을 다시 가 보지 않을 수 없었다. 어쩌면 거기서 얻은 나의 가없는 의문들을 다시 그곳에다 씻어 버리고 싶었는지도 모른다. 그리고 나의 그런 기대는 거의 그대로 적중해 갔다. 마을에는 역시 어느 구석에서도 민 형의 흔적을 찾을 길이 없었다. 곽 서방은 이미 저세상 사람, 마을 사람들은 이제 그의 매 사냥에 대해서, 아니 곽 서방이 마을에 살고 있었다는 사실마저도 까맣게 잊어버리고들 있었다. 그에 관해선 아무도 말을 하려고 하지 않았다. 그의 일로 마을을 드나들었던 나를 이젠 옛날에 곽 서방을 보듯이 했다. 벙어리 소년마저 마을을 나가고 없었다. 그는 내가 서울로 올라간 뒤부터는 밥도 잘 먹지 않고 상심해 있다가 어느 날인가 마침내 번개쇠를 가지고 어디론가 마을을 나가 버렸다는 것이었다.

나는 곽 서방에 대해서, 더욱이 민 형에 대해서는 아무것도 새로운 사실을 얻어 내지 못한 채 마을을 떠나 다시 서울로 돌아왔다. 그러나 그때 나는 어쩌면 가장 귀중한 것을 얻고 돌아왔는지도 모른다. 왜냐하면 나는 그 여행만으로 이제 모든 것을 결말낸 것처럼 마음이 한결 편했기 때문이다. 나는 정말 마을로 들어와서 얻은 의구를 거기에다 다시 씻어 버린 것처럼 마음이 편했다. 그리고 서울로 돌아와서도 나는 그렇게 그럭저럭 마음을 잡아 앉히고 있었다. 하니까 민 형과 곽 서방의 죽음에 대한 수수께끼는 마음의 밑바닥에서 그렇듯 한동안 잠을 자고 있었던 셈이다.

한데 오늘 아침, 바로 오늘 아침 나는 크나큰 놀라움과 함께 그 대부분의 비밀에 새로운 해답을 얻어 낸 것이다. 아침에 우연히 책상 서랍을 뒤지다가 나는 그때 민 형이 적당한 시기가 경과한 후에 개봉하라고 남겨 준 봉투를 찾아내게 되었다. 그리고 나는 그사이 적당한 시기라는 말에 충분할 만한 기간이 흘렀으리라는, 오히려 너무 긴 기간 동안 그것을 잊고 있었는지 모른다는 생각으로 허겁지겁 뒤늦게 봉투를 뜯었다.

솔직히 말해서 나는 전부터도 그 봉투에 대해 퍽 많은 궁금증을 갖고 있었다. 그러나 포장이 너무 견고하여 바깥 촉감으로는 내용을 짐작하기도 힘들었고, 그렇다고 슬그머니 미리 열어 보는 것도 고인에 대한 예가 아닐 듯해서, 그냥 그대로 서랍 속에 집어넣어 둔 것이었다. 아침에 그것을 본 순간 나의 그런 궁금증이 순식간에 다시 불붙어 올랐음은 말할 것도 없으리라. 그런데 봉투를 뜯고 나서 나는 새삼 놀라지 않을 수 없었다. 그것은 200매 남짓한 원고지 뭉치였고, 그 원고지에는 천만 뜻밖에도 눈에 익은 민 형의 자필 소설 한 편이 나의 개봉을 묵묵히 기다리고 있었다.

「매잡이」─그 원고의 겉장에 쓰인 제목이 그것이었다. 나는 책상 서랍을 닫을 생각도 않고 그 자리에서 원고를 읽어 내려가기 시작했다. 그리고 소설을 읽어 내려가다가 나는 거듭 놀라지 않을 수 없었다. 매잡이라는 제목의 소설, 그것은 너무나 내가 썼던 것과 비슷한 이야기가 되고 있는 게 아닌가. 다른 것이 있다면 민 형의 소설은 나라는 화자(話者)가 하나 더 등장하고 곽 서방은 그 화자의 눈을 통해서 그려지는 데 반하여, 나의 것은 곽 서방이 '나'라는 화자 없이 3인칭으로 직접 묘사되고 있는 것뿐이었다. 그러고는 거의 아무것도 다른 것이 없었다. 곽 서방이 단식을 시작한 구체적인 동기가 조금 다를 뿐 줄거리도 거의 마찬가지였다. 아니 내가 놀라고 있다는 것은 민 형이 그런 소설을 써 놓았고 그것이 소설로서 거의 완벽한 느낌을 갖게 했기 때문만은 이미 아니었다. 생각해 보라. 그의 이야기가 나의 이야기와 마찬가지로 곽 서방의 죽음까지 가 있다는 것은 그 자체가 얼마나 괴이한 일인가. 물론 민 형이 그 소설을 썼을 무렵에는 곽 서방의 죽음이 아직은 미래에 속하는 일이었을 것이기에 말이다. 말하자면 민 형의 이야기는 곽 서방의 운명에 대한 일종의 예언이었다. 게다가 그 예언은 너무도 정확했다. 민 형은 마치 나와 함께 곽 서방의 최후를 보고 와서 역시 나와 함께 소설을 쓰기 시작한 것처럼 나의 그것과 거의 틀림이 없는 결말을 맺고 있었다. 그렇다면 민 형은 분명 나를 앞지르고 있는 셈이었다.

하지만 무엇이 민 형으로 하여금 곽 서방의 운명에 대한 그런 정확한 예언을 하게 한 것일까. 작품에서의 예언은 작가 자신의 어떤 필연성의 요구다. 곽 서방의 운명의 종말로서 왜 그와 같은 형태의 죽음을 민 형은 요구한 것일까. 그리고 어떻게 하여 곽 서방은 민 형에 의해 요구된 자기 운명의 필연성을 의식하고 그것을 좇았을까. 그런 여러 가지 의문에 대해서 민 형의 소설 가운데는 단 한 가지의 해답만을 암시하고 있었다. 그것은 다음과 같은 소설 중의 화자인 '나'로 변장한 민 형과 곽 서방과의 대화에서였다.

―당신은 매를 아끼고 있습니까?
―아끼고 있습니다.
―그렇다면 매의 운명에 대해서 생각해 본 일이 있습니까?
―…….
―이상하군요. 학대와 굶주림과 사역이 당신이 매를 생각하는

방법의 전부라는 것은.

—알 수 없습니다. 나는 매를 부리는 사람일 뿐입니다. 하지만 그건 매잡이를 부리는 쪽도 마찬가집니다.

—어떻게 마찬가질 수 있습니까?

—선생은 매가 하늘을 빙빙 돌거나 땅으로 내리박힐 때 그 곱고 시원스런 동작을 보신 일이 있겠지요. 그건 아름답습니다. 아마 선생도 그렇게 생각하셨겠지요. 하지만 난 알고 있습니다.

나는 눈으로 다음 말을 재촉했다.

—그 아름다움이 무엇인지를 말입니다. 한데 선생은 이 일에 관해서…….

그러다 사내는 다시 말을 끊고 한참 동안 '나'를 쏘아보았다. 그 눈에 이글이글 타오르는 것이 있었다. 그것은 나에게 이상하게도 성난 매의 눈을 연상시켰다. 사내는 그 자기 눈 속의 불길을 의식한 듯 한참 더 기다리다 말을 이었다.

—가시오. 당신은 나를 못 견디게 하오. 몇 번이고 당신을 죽이려고 생각했소. 가지 않으면 지금 당장이라도 당신을 죽이려 들지 모르오.

그러고 나서 얼마 후에 곽 서방은 내가 실제로 본 것과 같이 혼자 말없이 굶어 죽어 가고 있었다.

이야기의 결말은 이를테면 우리 생존의 처절스런 실상과 풍속의 미학과의 표리 관계 같은 것이 비극적인 시선 속에 옷을 벗고

180

있는 식이었다. 거기서 곽 서방은 자신의 운명을 매의 그것과 한 가지로 받아들이고 있는 격이었고, 혹은 그래서 그 스스로는 다시 인간의 운명으로 돌아와 그가 지금까지 얻은 진실을 위하여 마지막으로 한 번 더, 그러나 지금까지와는 전혀 다른 싸움을 치러 내고 있는 식의 이야기가 되고 있었다. 이 근처 어디쯤에 그의 작의가 숨어 있을 게 분명했다.

하지만 섣불리 그의 작의를 단정하는 것은 삼가자. 상황은 별 군소리 없이 그렇게만 묘사되어 있고, 더욱이 민 형은 작품을 해명하거나 하는 따위의 별지를 일절 첨부하지 않고 있으니 말이다. 하지만 역시 그 대화가 중요한 시사를 담고 있는 것만은 틀림없는 것이, 그 후로 곽 서방은 가끔 낭패한 얼굴로 깊은 사념에 빠지는 때가 생겼고, 그러다가는 드디어 매를 날려 보내고 스스로는 그 죽음을 향한 참담스런 단식을 시작해 버린 때문이다.

민 형은 어쨌든 마지막으로 그렇게 한 편의 소설을 쓰고 간 셈이었다. 그것은 내가 전에 직접 보고 들은 자료로 모든 정력을 기울여 써냈던 같은 이름의 소설에 비하여, 결말부에 가서는 순전한 민 형의 상상력만으로 씌어진 작품이었다. 그러면서도 모든 것이 똑같다. 경탄할 수밖에 없는 일이다. 훌륭한 작품이라고, 그리고 민 형은 훌륭한 소설가였다고 말하고 싶은 것이다.

욕심대로 한다면 그가 수집한 모든 자료가 그의 구상과 상상력에 일치하는 작품으로 태어날 수 있었다면 하는 아쉬움을 갖지 않을 수 없다. 그러나 이제 민 형이 '한 편의 소설도 쓰지 않은 소설가'라는 누명 아닌 누명에서 벗어난 것은 민 형 자신을 위해서나 주위 친구들을 위해서나 다행스런 일이 아닐 수 없다. 더욱이 그것은 민 형 자신을 위해 무엇보다 다행스러운 일일 것이다…….

그리고 이제는 그 「매잡이」라는 이름의 소설이 세 편이나 나오게 된 이유도 모두 밝혀진 셈이 된다. 그러니 이젠 그 민 형을 위한 나의 증언도 끝을 내는 것이 좋을 것 같다. 왜 민 형이 그 소설을 처음부터 내게 내보이지 않고 나로 하여금 같은 제목으로 소설을 발표하게 했는가는 별로 중요한 일이 아닐 터이다. 그것은 그가 자살로써 생을 종말 지은 일이나 마찬가지로 그가 자신의 능력을 공정하게 시험받고 증명되고 싶었을지 모른다는 가장 인간적인 동기에서였으리라고 이해해도 무방할 듯싶으니 말이다.

이야기를 끝내려고 하면서 곁다리로 생각나는 것은, 사물의 본질을 투시할 수 있는 눈을 가진 훌륭한 작가라면(그 점에서 나는 벌써 민 형을 훌륭한 작가였다고 생각하지만) 그는 어느 정도 미래를 예견할 수 있는 능력을 가진다는 것이다. 민 형에 의해서 예견된 어떤 필연성이 곽 서방에게 받아들여지느냐 않느냐는 별개의 문제인 것이고, 하여튼 그런 작가의 눈(양심이라고 해도 좋겠다)이라는 것은 내가 이렇듯 민 형을 증언하거나 「매잡이」라는 세 편의 소설에 대한 긴 해명을 남기는 일 못지않게 관심이 가는 일이다.

중복감이 있기는 하지만, 머지않아 나는 민 형의 「매잡이」도 곧 소개할 예정이므로 이 소설에서는 긴 설명 대신 이런 관심도 함께 가져 볼 수 있었다는 점만을 고백해 둔다. 다만 한 가지 유감스러운 것은 그 버버리 소년이 앞으로도 정말 매잡이 노릇을 계속할 것인가 하는 의문이 남을 수 있는데, 이 점에 대해서는 나 자신도 별로 확신을 가지고 대답할 말을 가지고 있지 못하다는 점이다.

하지만 나의 기분대로 말한다면 소년의 일에 대해서는 더 이상 자세한 사실을 알아낼 필요도 없을 것 같다. 어느 땐가 인연이 닿으면 다시 소년의 소식을 듣게 될 때가 있을는지 모르겠다. 하지만 소년이 다시 매잡이가 되어 있다고 한들 이제 와선 그게 내게 무슨 뜻을 지닐 수 있을 것인가. 풍속이 사라진 시대— 사라져 간 풍속의 유민으로서의 소년은 내게 더 이상 아무런 의미도 있을 수가 없는 것이다. 그것은 어쩌면 민 형에게도 역시 마찬가지일 것이었다. 그야 민 형은 자신의 소설에서 매잡이 곽 서방을 그의 풍속으로 돌아가게 해준 사람이기는 했다. 그는 곽 서방에게 자신의 풍속으로 돌아가 그의 풍속의 유물이 되게 해 주고 있었다. 곽 서방에게 그것은 그의 참담스런 생존의 실상으로부터의 소중한 승리이자 구원일 수 있었다. 하나의 풍속이란 그것 밖의 사람들의 외연적 기명(記名)일 뿐 그것을 직접 살아 내는 사람들에겐 그의 삶의 보편적 질서인 것이라면, 적어도 그것을 뒤에서 바라보며 풍속을 말하는 사람들에게는 그렇게 보일 수 있었다. 그러나 그것은 곽 서방에게나 가능할 일이었다. 그것은 매잡이 곽 서방의 풍속일 뿐 민 형 자신의 풍속은 아니었다. 민 형을 포함한 우리들 자신의 풍속은 절대로 될 수 없었다. 아니 그것이 우리들의 풍속이 될 수 없는 것은 고사하고 우리에겐 애초 우리들 자신의 어떤 풍속의 가능성도 용납되지 않는 것이다. 그래 우리는 우리들 자신의 풍속의 의상이 없는 시대에서 그 삭막하고 참담스런 삶의 현실을 맨몸으로 직접 살아 내고 있는 것인지도 모른다. 그보다도 그 참담스런 삶의 현실이 또 다른 풍속으로 부화되는 것을 거부하며, 자기 삶의 새로운 풍속화(風俗化)에 대항하여 그것을 거꾸로 인내하고 있는 것인지도 모른다. 민 형도 어쩌면 그것을 너무나 잘 알고 있었을 것이었다. 자신의 이름으로는 소설마저도 단 한 편밖에 쓸 수 없었던 민 형— 그래서 그는 오히려 곽 서방에게 그토록 매달리고 있었는지 모른다. 그리고 끝내는 절망 속에 스스로 목숨을 끊었는지도 모르는 일이다. 그러나 그 민 형의 종말— 그것은 그 곽 서방의 풍속에 자신을 귀의시킬 수 없었던 비극의 종말이 아니라, 그의 삶의 새로운 풍속화에 대한 마지막 저항과 결단의 몸짓은 아니었을까. 감히 말하자면 그것이 아마도 민 형의 죽음의 진실이어야 할 터이었다.

……소년이 다시 매잡이가 되어 있든 아니든 그것은 이제 별다른 뜻이 있을 수 없는 것이다. 그것은 그 매잡이의 시대가 지나가 버린 세상에서의 소년에게도 그렇고, 민 형이나 나에게도 마찬가

184

지인 것이다. 더욱이 이번에 다시 이 이야기를 쓰게 된 나의 관심이 매잡이의 풍속 자체보다도 민 형과 민 형의 죽음, 그리고 그의 소설에 관한 것들 쪽이었고 보면, 그것은 어차피 나의 개인적인 과외의 관심거리에나 속해야 마땅한 것이다.

니는 그나마 민 형의 경우처럼 자신의 삶에 대한 어떤 치열한 인내와 결단성, 심지어는 그 풍속의 미학에 대한 나름대로의 꿈마저도 깊이 지녀 보질 못해 온 터이니 말이다.

이청준 문학 전집(중단편 소설6) 『시간의 문』, 열림원, 2000.

문턱

나이 마흔이 넘은 늦깎이 작가로 3년 전 ㅇ 신문 신춘문예 단편 소설 부문에 당선한 반형준을 기억하는 사람은 많지 않을 것이다. 더욱이 반형준이 그렇듯 늦은 나이에 당선작 소설을 쓰게 되기까지의 뒷사연을 알거나 들은 사람은 그 자신과 나를 포함한 심사 위원 몇 사람밖에 없으리라 여겨진다. 다름 아니라 그 소설이 쓰이기까지엔 반 씨의 옛 고등학교 시절 친구의 유별난 부추김과 도움의 힘이 컸던 데다 그 기이한 소설 이야기 또한 이미 이 세상 사람이 아닌 친구의 죽음이 소재가 되고 있는바, 반형준은 시상식이 끝나고 난 뒤풀이 자리에서 스스로 그런 사실을 털어놓은 이후 아직 다른 소설을 한 편도 써낸 일이 없어 주위나 세상의 관심을 끌어 본 일이 없으니까. 하긴 그 뒤풀이 자리에서 반 씨가 자기 소설의 뒷사연을 털어놓았을 때부터 나는 그 소설을 쓴 반형준보다 작품의 주인공 모델의 기벽에 가까운 집착과 삶의 행적 쪽에 더 관심이 기운 터였지만 말이다.

"반 형 나이의 경륜이 있을 테니 늦은 출발이지만 앞으로 좋은 작품 많이 쓰세요."

그 뒤풀이 자리에서 반 씨와 동년배 나이로 심사를 맡았던 한 친구가 건넨 의례적인 격려 말에 그는 처음부터 썩 자신이 없는 표정 속에 좀 엉뚱한 소리를 하였다.

"글쎄요. 이제 그 친구가 없는 마당에 저 혼자 소설이 쓰일지 모르겠어요⋯⋯."

얼핏 무슨 뜻인지를 몰라 이쪽에서 다시 곡절을 물으니 그가 솔직하게 털어놓은 소리가 이랬다.

"그 소설 주인공, 실제 모델이 있었거든요. 지금까지 제 소설 공부는 그 친구가 시켜 준 셈이구요. 이번 소설에서도 잠시 그런 이야기가 나오지만, 그 친구 이전에도 계속 이런저런 이야깃거리를 들고 와서 제게 작품을 재촉하곤 했거든요. 그런데 소설에서처럼 그 친군 이제 죽고 없으니까요."

그의 소설 속에서 주인공이 죽은 뒤의 상황이 어딘지 좀 기이한 분위기다 싶더니, 필시 그 소설에 얽힌 흔찮은 곡절이 있는 것 같았다. 한데다 은근히 호기심이 일기 시작한 내가 그와 함께 자리를 따로 옮겨 들은 그 소설의 뒷사연은, 아닌 게 아니라 그의 당선작 이야기보다도 더욱 흥미롭고 괴이했다. 한마디로 당선작 소설의 모델이 된 친구 구정빈(고인에 대한 예의상 소설 속 인물의 이름을 대신한다) 씨가 반 씨에게 계속 그럴듯한 소재를 취재해 전했다는 이야기의 내용이나 조력의 과정이 어쩌면 구정빈 자신의 삶의 궤적에 다름 아닐 수 있어 보였기 때문이다. 그에 비해 그 당선작을 써내기까지의 반 씨의 관심이나 작의는 그 친구가 그에게 전하려다 뜻을 이루지 못하고 간 마지막 소재에 대한 궁금증 혹은 그 궁금증을 남긴 죽음 자체의 비의 정도에 머무르고만 격이랄까.

우선 그 구정빈의 사람됨과 반형준과의 관계를 이해하기 위해, 그 친구가 맨 처음 반 씨를 찾아와 소설거리로 일러 주고 갔다는 이야기부터 대충 내용을 소개하면 이런 식이었다.

……어느 지방 도시 검찰청에 한 초임 검사가 있었다. 어느 날 그 검사가 담당한 간통 사건 고소자 증거물 가운데에 혈압을 잴 때 쓰는 노랑 고무줄이 끼여 있었다. 간통 사건에 웬 혈압 검사 기구인가 싶어 사연을 알아보니, 송사의 피소인이 그 지방 병원의 기혼 여사무원과 사무장으로, 두 사람 간엔 좀 별스러운 성희를 즐겨 온 처지였다. 다름 아니라 어느 하루 사무장 사내가 여자의 유별난 성감을 충족시켜 주기 위해 자신의 양물에 그 고무줄을 친친 감아 매고 일을 치른 것. 그런데 그날 밤 하필 여자 쪽 남편도 색정이 동해 밤일을 시도했는바 일을 치르던 중 양물 끝에 웬 딱딱한 이질감이 느껴져 아내 몰래 손을 넣어 보니 예의 고무줄이 끌려 나온 것이다. 사무장도 여자도 지나친 흥분 끝에 고무줄이 거기 숨은 것을

뒤에까지 알아차리지 못한 탓이었다…….

그런데 처음부터 내 흥미를 끈 것은 그 소재의 희극적인 내용보다 그런 이야기를 전해 준 구정빈이 다그치고 든 속내였다. 왜냐하면 구정빈이 그 이야기를 전해 줄 당시 반형준은 그저 평범한 20대 후반의 초등학교 교사 신분이었던 데다, 그때까지 그는 소설이고 뭐고 글을 쓸 생각을 한 번도 맘속에 지녀 본 일이 없었다니까. 하기는 그도 중·고등학교 시절엔 문학 작품 읽기를 썩 좋아했고, 그 때문에 고등학교 적 과외 활동 시간엔 소설 반 수필 반 투의 산문을 지어다 함께 읽는 자리에서 문예반 지도 선생님으로부터 몇 차례 기대 밖의 칭찬을 들은 일이 있긴 했댔다. 그리고 그때마다 글 솜씨가 썩 시원찮은 한 친구가 그를 유난히 부러워하여 자랑스러움보다는 내심으로 은근히 그를 딱하게 여겼던 적이 있었댔다.

"하지만 그거 다 지나간 어릴 적 일이었지요. 전 집안 사정 때문에 긴 공부 단념하고 교육 대학 진학을 해서, 이후부터 학교를 졸업한 뒷날까지 한동안 그 친구의 일은 물론 소설책 읽는 것조차 게을리한 채 그럭저럭 교직 일에만 만족하고 지내 오던 참이었어요……."

다시 그 반형준의 사연을 요약하면 이런 줄거리였다.

……하루는 수업을 끝낸 담임 반 아이들을 집으로 돌려보내고 교무실로 돌아와 퇴근 준비를 하고 있던 참인데, 얼굴조차 기억해

내기 어려운 그 친구가 예고도 없이 학교 교무실까지 그를 찾아왔다. 그리고 반형준의 등을 떠밀다시피 하여 근처 주점으로 이끌고 간 그 구정빈의 용건인즉, 그 구정빈 자신을 위한 일이 아니라 반형준에게 새삼 소설을 한번 써 보라는 엉뚱한 주문이었다.

"난 자네가 비록 교직의 길로 들어서기는 했지만, 그런 가운데에도 언젠가는 글을 쓰게 될 줄 알았지. 그런데 영 소식이 없더구먼. 왜 아직 글을 쓰지 않는 거야. 자넨 중·고등학교 때부터 우리 문예반 친구들의 부러움을 샀을 만큼 글 솜씨가 좋았지 않아? 그 아까운 문재를 언제까지 썩혀 둘 참이야?"

자리에 앉아 술을 한 잔씩 비우고 나자 그가 다짜고짜 옛 친구를 타박하고 들었다. 이야기가 너무 엉뚱하다 보니 반형준은 위인에게 필시 무슨 다른 꿍심이 있는 듯싶어 은근히 경계심이 일 정도였다.

"문재는, 내가 무슨…… 다 철없을 때 이야기지. 이제 와서 무슨 글씩이나……."

그는 짐짓 실소를 머금으며 객쩍은 소리 거두시고 모처럼 술이나 한잔 편하게 들고 가라, 슬그머니 오금을 박고 들었다. 그런데 알고 보니 그 소설 일은 옛 친구의 문재가 아까워서만이 아니라 어딘지 구정빈 자신을 위한 일이기도 하다는 투였다.

"이런다고 내가 무슨 술이나 얻어먹으러 찾아온 걸론 알지 말어. 다른 사람들에 비해 썩 잘살지는 못하지만 이래 봬도 나 살 만큼은 살아. 우리 집 슈퍼가 동네 안에선 제법 소문이 나 있거든."

뭔지 석연치 못해 하는 듯싶은 옛 친구의 낌새를 눈치 챈 그가 은근히 안심을 시키고 나서 이번엔 좀 더 솔직한 자신의 고백을 덧붙였다.

"하지만 사는 게 재미가 없어. 자넨 웃을지 모르지만, 난 원래 글을 쓰는 게 꿈이었거든. 재주가 없는 줄은 알지만. 그래서 자넬 부러워하다 못해 시기한 적도 있었지만, 내 재주 없음을 알면 알수록 더 글이 쓰고 싶어지는 거 있지."

그는 실제로 몇 번인가 소설 비슷한 이야기를 써 보기도 했댔다. 그런 가운데에 자신은 거듭거듭 자질이 모자람을 뼈아프게 받아들이지 않을 수 없었댔다. 그리고 그는 비로소 옛날의 반형준이 아직 소설가로 나서지 않았음을 기억해 내고 자신의 소설을 단념하는 대신 형준이 언젠가는 그의 숨은 문재를 발휘하고 나설 날이나 기다리기로 마음을 달래 왔다는 것이다.

"한데 아무리 기다려도 자네 등단 소식을 접할 수가 없더구먼. 그래 기다리다 못해 오늘은 내 자네의 문재를 되살려 주려 지금까지 내가 아껴 온 소설 소재들 중 쓸 만한 이야기 한두 가질 전해 주려 찾아온 거야."

그러면서 이쪽의 의사는 아랑곳을 않은 채 일방적으로 먼저 털어놓은 이야기가 앞서의 성 만담 조였다. 초임 검사로 갓 그쪽 일을 시작한 그의 동네 한 친구에게 일부러 부탁해 얻어 낸 이야기라며, 반형준의 문재로 잘만 소화해 내면 썩 희화적인 세태 소설 한 편쯤 꾸밀 수 있지 않겠느냐는 당부까지 덧붙여서였다.

반형준은 그 엉뚱하면서도 진지하기 그지없는 옛 친구의 기대에 찬 주문 앞에 웃을 수도 울 수도 없었다. 섣불리 맞장구를 치고 들 수는 더욱 없었다.

"자네가 못 쓰는 소설 자네가 안 쓰면 그만이지, 왜 그런 걸 나더러 쓰라 이러는 거지? 난 글 쓰는 거 벌써 다 잊고 지내는데."

어쩔 수 없이 그 해괴한 이야기를 건네 듣고 난 반형준은 그 우스개 투를 실없어하는 대신 그런 식으로 완곡하게 그의 세상 물정 없음을 나무랐다. 하지만 그 반형준의 은근한 나무람 투 앞에 두 번째 이야기는 꺼낼 수조차 없게 된 구정빈의 결의에 찬 대꾸는 그에게 아예 노골적인 실소마저 금치 못하게 했다.

"자네가 쓰는 걸 봐야 내가 진짜 소설을 포기할 수 있을 테니까. 내 얘기들을 자네가 대신 써 줘야 말이여."

어쨌거나 구정빈은 처음 그 해괴한 성 만담 조와 함께 그쯤 간곡한 당부를 남기고 돌아갔다.

하지만 반형준은 물론 그 일을 길게 기억하지 않았다. 소설의 소재로 삼아 보라고 일러 준 그 이야기는 물론 그가 구정빈에게 말했듯 소설을 쓰는 일 자체에 새삼 흥미가 일 수 없었기 때문이다.

그렇게 그해가 가고 이듬해 이른 봄, 갓 새 학기가 시작된 어느 날 다시 구정빈에게서 전화가 왔다. 그리고 새해 들어 몇 차례 소식을 물으려 했지만 학교가 방학 중인 데다 형준의 집 전화번호를 알려 주려는 사람이 없어 이제야 통화가 되었다며, 이날 그가 다시 술을 한잔 사야겠으니 퇴근 후에 바로 전날의 주점으로 나오라는 주문이었다.

반형준은 그제야 지난해 그의 당부를 생각해 내고 슬그머니 귀찮은 생각부터 앞섰다. 글쓰기에 대한 그의 기대를 무심히 저버린 때문이 아니라, 여전히 일방적인 그의 술자리 약속이 어딘지 지레 부담스러웠기 때문이다. 그래 형준은 새 학기를 갓 시작한 때라 쫓기는 일이 좀 많다는 핑계로 우선 약속 날짜라도 뒤로 미뤄 보려 하였다. 가능하면 차일피일 그와의 면대 자체를 흐지부지 피해 버리고 싶은 게 솔직한 심정이었으니까. 하지만 그 또한 어림없는 노릇이었다.

"아무 소리 말고 그냥 나와. 나 6시쯤 거기 가 기다리고 있을 테니. 사실은 나 여태까지 자네 못지않게 실망하고 있는 참이니까."

누구에게 무슨 낙담거리가 있다는 것인지 뜻을 얼핏 알아들을 수 없는 구실을 내세우곤 역시 일방적으로 전화를 끊고 마는 것이었다. 아마도 제 주문대로 소설을 쓰지 않은 것을 두고 한 소리겠거니……. 반형준은 그쯤 어림짐작 가운데에 더욱 달갑잖은 생각이 들었지만, 위인이 자신의 낙담스러운 심사를 내세운 데다 그렇듯 막무가내 식 통보 끝에 전화를 끊어 버린 형편이니, 형준은 내키잖은 대로 끝내 그를 피할 수만은 없었다.

하지만 자신의 약속대로 학교 근처 술집에서 기다리고 있던 위인을 찾아가 만나고 보니 반형준 자신의 오해에 앞서 구정빈은 더욱 어이없는 망상을 일삼고 있었다.

"너무 실망하지 마라. 단술에 배가 부를 수 있는 일은 없으니까."

저 혼자 먼저 술잔을 앞에 하고 있던 위인이 자리를 마주해 앉은 형준의 잔을 채워 주며 역시 낙담스러운 어조로 건네 온 첫마디가 그랬다. 그러곤 아직도 영문을 알지 못해 어정쩡해 있는 형준에게 함께 술잔을 올려 권하며 덧붙였다.

"하지만 뭐 지나간 일은 잊어버리고 새로 시작하는 거야. 따지고 보면 전번엔 그리 변변치 못한 이야깃거리를 주워다 전한 내 허물도 적지 않았을 테니까."

알고 보니 그의 실망과 낙담은 형준이 그가 전한 기담 조로 아직 소설을 쓰지 않고 있음에서가 아니라 소설을 쓰고서도(어떻게 그런 확신이 들었는지 모른다) 좋은 결과를 얻는 데에 실패한 걸로 단정한 오해 때문이었다. 위인은 이야기와 당부를 전하고 간 뒤부터 마치 자신의 일이나 되듯이 이제나저제나 그 이야기를 소재로 한 형준의 소설이 어느 문예지에 실려 나오기를 기다렸댔다. 하지만 매달 이 잡지 저 잡지 신인 추천 작품들을 찾아봐도 형준의 이름을 발견할 수가 없어, 해가 기울면서부터는 이곳저곳 이름 있는 신문사의 새해 아침 신춘문예 현상 공모 발표를 기다리기 시작했다는 것. 하지만 자신의 작품을 응모해 놓고 결과를 기다리듯 간절한 기대에도 불구하고 어느 신문에서도 친구의 이름을 발견할 수 없어 한동안 제 일처럼 혼자 낙망 속에 지냈다고. 그러다 정작 당사자인 친구의 상처를 생각하곤 형준에 대한 위로와 재기의 계기를 마련해 보려 학교로 전화를 걸었지만, 그조차 방학 때문에 뜻을 이루지 못하다가 이날 뒤늦게 그를 만나게 됐노라는 푸념이었다.

반형준은 그 철부지 멋대로 식 믿음에 차라리 연민과 동정이 앞설 지경이었다. 그렇더라도 차마 그 심성까지 나무랄 수 없는 친구에게 더 이상 부질없는 망상을 빚지 않게 하려 자신은 애초 소설을 쓴 일이 없고, 쓸 생각도 없었노라 잘라 말해 주었다. 하지만 실망이나 낙담의 문제는 이쪽이 아니라 그 구정빈 쪽 것인 게 탈이었다. 이도 저도 다 달갑잖다는 식의 형준의 내침 소리에도 그는 전혀 곧이들을 수가 없다는 듯 막무가내로 계속 자기 생각만 늘어놓았다.

"알아, 말하지 않아도 지금 자네 가슴속은 내가 다 알아. 그러니 이제 지난 일은 훌훌 털어 버리고 다시 시작해 보라구. 오늘 내가 다른 이야기를 하나 가져왔어. 지난번엔 내가 좀 영양가가 덜한 이야기를 가져다준 허물도 있는 듯싶어 그걸 만회할 겸 이번엔 자네도 썩 맘에 들어 할 소재로 말이야."

한마디로 위인의 그 미워할 수 없는 밀어붙이기 식을 어떻게 피해 설 길이 없었다. 그리고 그런 식으로 한 번 더 위인에게 전해 듣게 된 '영양가 있는' 소재란 이런 이야기였다.

……월남전이 한창이던 1960년대 후반. ㅁ 부대의 한 신임 소대장이 전투 지역에 투입되어 수색 작전을 지휘하던 중 적병이 숨어 있음 직한 동굴을 발견했다. 수색대는 동굴을 신속히 제압하여 본대의 공격로를 확보해 줄 책임이 있었다. 하지만 동굴 안에 몸을 숨기고 기다리는 적병이 있다면 섣부른 공격으론 이쪽만 당하게 마련이었다. 목숨을 걸어야 하는 동굴 공격조에 선뜻 나서려는 사람이 없었다. 부하들은 말없이 신임 소대장의 눈치만 살피고 있었다. 소대장은 차라리 그게 기회라고 생각했다. 다른 부대에서 이미 경험한 일이었지만, 그런 경우 소대장이 꽁무니를 빼고 부하 사병을 내보내 희생을 빚게 되면 이후부턴 전 부대원의 신임을 잃고 작전 지휘가 어려워졌다. 초임 지휘관일수록 위험 상황 앞에선 앞장을 서야 했다. 그는 부하들에게 자신을 엄호하게 하고 수류탄과 자동 소총으로 무장, 단신으로 그 동굴 수색 공략에 나섰다. 하지만 그런 상황에서 소대장이라고 별다른 비책이 있을 리 없었다. 그는 은밀히 동굴 입구까지 접근해 간 다음, 먼저 수류탄을 몇 발 까 던져 넣고 이어 자동 소총을 난사하며 재빨리 안으로 돌진해 들어갔다. 그리고 그는 이내 동굴 중간쯤에서 무엇인가에 발이 걸려 정신없이 나뒹굴고 말았다. 그는 이미 죽음을 각오한 터였지만 안쪽에서 무슨 응사가 있었는지, 자신이 아직 살아 있는지 어쩐지도 알 수가 없었다. 그런 꼴로 한동안 넋을 잃은 채 가만히 안쪽 기척을 기다리고 있었다. 하지만 애초 상황 판단이 빗나갔던지 동굴 안은 별다른 기

척이 없이 주위가 괴괴하기만 했다. 비로소 천천히 제정신이 돌아오며 자신이 아직 살아 있다는 사실이 새삼스러워지기 시작할 때였다. 동굴 바깥쪽에서 문득 웅얼거리는 소리가 들려왔다. "이쪽저쪽이 공평하게 같이 끝장난 모양이구먼. 혹시 위험할지 모르니 수류탄 한 발 더 까 넣고 가지. 소대장님 시체는 이따가 철수할 때 수습해 가기로 하구." 공격조를 정해야 했을 때 무거운 침묵 속에 유난히 소대장의 눈치를 살피던 고참 분대장 녀석이었다…….

"수류탄을 까 넣기 전 간발의 차이로 목숨을 건져 돌아온 제 고향 친구에게서 들은 실화라나요. 하긴 위인 말대로 이번 이야기는 전번보다는 조금 나은 편이기는 했지요. 하지만 전 역시 별 관심이 없었지요."

반형준은 여전히 시큰둥한 어조로, 그러나 내 흥미 있는 경청 분위기에 이끌리듯 다시 이야기를 이어 갔다.

"그 무렵엔 월남전이 끝난 지도 한참이나 지나 그런 유의 무용담은 이미 빛이 바랠 대로 바랜 데다, 무엇보다 전 여전히 소설 따윈 마음에 없었으니까요."

하지만 한동안 더 이어져 간 반형준의 이야기를 결론부터 말하면 그는 결국 반 억지 격으로 그런 소재의 소설을 한 편 써낼 수밖에 없었댔다. 이번에는 그 친구가 반형준의 처분만 기다리고 있는 것이 아니라, 때때로 그의 소설 작업 여부를 묻고 일을 다그쳐 댄 때문이었다.

반형준은 이번에도 그 일을 까맣게 잊고 지냈는데, 몇 달 뒤 하루
는 위인에게서 다시 학교로 전화가 걸려 왔다. 그리고 다짜고짜 물
었다.

"자네 그 이야기 소설 다 썼어?"

무슨 한가한 소리냐는 투로 역시 시큰둥한 반형준의 반응에 잠
시 맥이 빠진 듯싶던 그가 다시 일방적인 다그침과 협박 투 격려를
보내 왔다.

"너무 그렇게 벼르지만 마, 이 사람아. 생각을 끌고 벼른다고 반
드시 좋은 작품이 나온다는 보장은 없잖아. 시작이 정 어려우면 내
또 일간 한번 찾아가서 사기를 돋워 줄 참이니까."

그리고 그는 정말 며칠 뒤 이번에는 직접 그 주점까지 찾아와서
그를 불러냈다.

일이 그쯤 되다 보니 반형준은 이제 위인이 귀찮다 못해 개운치
못한 의구심마저 들었다.

'이자가 혹시 내게 제 소설을 대신 써 달라는 거 아닌가?'

하여 이날 반형준은 위인의 짜증스러운 다그침 앞에 농담 투로
슬그머니 그런 뜻을 내비쳐 물었다. 그런데 그게 오히려 제 덫에
걸린 격이었다.

"그래, 내 소설을 대신 써 주는 셈 치고 한번 작품만 써 내놔 봐!
그런다고 그게 징말 내 소설이 될 리는 없을 테니까."

위인이 여전히 기대를 꺾지 않은 채 오히려 정색을 하고 대꾸해 온 것이었다.

뿐만 아니었다. 위인은 이후로도 잊을 만하면 전화를 걸거나 직접 찾아와 그 소설의 소식을 묻고 조속한 집필을 독촉하곤 하였다. 더욱이 그해 늦가을 신문사들의 신춘문예 관련 광고가 시작되면서부터는 위인의 성화가 거의 끊일 새가 없었다.

반형준도 결국엔 생각이 달라질 수밖에 없었다.

'이자가 정말 제 이름의 소설을 써 달라는 것인가?'

그렇다면 자신이 너무 깊이 끌려든 느낌에 위인의 주문을 끝끝내 외면할 수 없을 것 같았다. 그는 작품이 되든 말든 위인의 까닭 모를 소원이라도 풀어 주기 겸해 한 편의 소설을 생각하기 시작했다. 물론 시일이 모자란 탓에 자신의 다른 이야기보다 위인이 두 번째로 권한 그 월남전 용사의 무용담을 소재로 해서였다. 그리고 응모 마감일 며칠 전에 그럭저럭 소설 모양의 이야기를 정리하여 위인의 이름으로 신문사로 보내 놓고 이번에는 모처럼 만에 이쪽에서 먼저 전화를 걸어 그 소식을 전했다.

소식을 들은 위인이 바로 그를 찾아와 축하와 감사(?)의 술을 샀음은 물론이었다. 그리고 자신이 전한 이야기가 어떤 식으로 씌어 누구의 이름으로 응모되었는지 따위는 알지 못한 채 그날부터 새해 아침 신문이 나올 때까지 반형준 이상으로 학수고대, 때로는 자기 수준을 어림짐작한 반형준 쪽이 새삼 거북하고 짜증스러울 정도로 간절히 당선의 낭보를 기다렸다.

하지만 반형준의 예상대로 결과는 낙방이었고, 그에 대한 실망 역시 당사자인 반형준보다 위인 쪽이 더했음은 말할 것이 없었다.

그런데 괴이한 일은 그로부터 위인보다 반형준에게 한 가지 예 성치 못한 조짐이 시작된 것이다. 그가 이번엔 정말로 자신의 이야 기로 자신의 소설을 한 편쯤 쓰고 싶어진 것이었다.

"장난 삼아 써낸 응모였지만, 거길 한 번 떨어지고 나니 이상한 오기가 생기더라니까요. 무슨 복수심이랄까, 자신에 대한 도전 의 식이랄까…… 그 친구에 대한 체면 때문이 아니라, 위인 말마따나 제 자신의 글 솜씨를 한번 제대로 진지하게 시험해 보고 싶어지는 거예요."

하여 그해부터 반형준은 새로 소설 공부를 시작했다. 그리고 이 해 가을에는 구정빈이 새로 얻어들어다 전해 준 객담 투와 자신의 체험 가운데에서 고른 이야기를 각기 두 편의 소설로 만들어 다른 두 신문의 신춘문예에 응모했다. 구정빈의 계속된 격려와 조력 때 문에서가 아니라 그저 마음 편한 대로 여전히 그의 이름을 빌려서 였다.

그러나 한두 해 습작으로 금세 당선의 행운을 넘볼 수는 없었다. 이번에도 역시 예심조차 통과하지 못한 실망스러운 결과에 반형준 은 오히려 담담한 심사였지만, 구정빈의 상심은 당사자인 형준이 새삼 재도전의 결의를 다져 보이며 그를 위로하고 부추겨야 했을 만큼 대단했다.

그래저래 반형준은 계속 소설을 쓰지 않을 수 없었고, 때마다 결과가 신통치 못한 바람에 이후 10여 년 동안 가을이면 연례행사처럼 여전히 구정빈의 이름으로 위인과 함께 그 신춘문예라는 열병을 앓곤 했다. 그리고 구정빈 역시 그 10여 년간 기대와 실망을 되풀이하면서 친구 반형준을 위해 끈질긴 대리 취재 활동을 계속했다. 실은 그 한두 해 동안엔 형준이 구정빈의 소재를 미뤄 두고 자기 체험과 취재 쪽을 고집해 보기도 했지만 결과가 늘 그렇고 보니 제물에 정서적 고갈을 느끼기 시작한 데다, 아무래도 구정빈 쪽 이야기가 더 신선하고 함의가 깊어 보여 그 자신 그쪽을 다시 선호하게 된 때문이었다.

그러니 어차피 그 구정빈이란 인간의 기이한 우의와 행적 쪽에 이 글의 동기가 있었고 보면 여기선 낙선으로 마감된 반형준 자신의 소재는 새삼 들출 바가 없으려니와, 이후의 구정빈의 취재분을 두어 가지만 더 소개하면 이런 이야기들이었다.

……서지학도 한 친구가 이탈리아 유학 시절 어느 날 논문 자료를 구하러 유서 깊은 도서관을 찾아갔다. 그런데 목적하고 간 일을 미처 다 끝내지 못한 채 폐관 시각을 넘겨 버린 바람에 출입문이 굳게 닫힌 서고 안에 혼자 갇힌 꼴이 되었다. 전깃불까지 나가 버린

깜깜한 어둠과 공포 속에 그는 허겁지겁 출구를 찾아 헤매다 끝내
는 탈진 상태가 되고 말았는데, 때마침 어느 서가 사이로 가는 촛불
빛이 흘러나오는 게 보였다. 반가워 쫓아가 보니 웬 여자 한 사람
이 역시 서고를 나가지 못하고 책더미 사이에 갇혀 남아 있는 처지
였다.

하지만 그녀가 서고를 빠져나가지 못하고 갇혔으리라는 것은 이
쪽 오해였다. "내가 왜 갇혀요?" 놀랍고 반가워 나갈 길을 함께 찾
아보자는 그의 제의에 대한 그녀의 대답이 이쪽을 다시 한 번 놀라
게 했다. "나는 이 조용한 곳에서 밤샘 공부를 하기 위해 일부러 숨
어 남아 있는 거예요……."

구정빈이 30대 중반 무렵에 주워들어 온 이 도서관 동반 밤샘 일
화에 이어, 다시 몇 년 뒤 40대 문턱에서 옮겨 준 다음 이야기는 혹
시 늦은 권태기를 넘어선 그 구정빈 자신의 체험이 아니었는지 모
른다.

……갓 중년기에 접어든 사내 하나가 그의 아내와 별 대수롭잖
은 일로 자주 불화를 빚곤 했다. 그는 원래 사업 일로 국내외 가림
없이 집을 떠나 여행길엘 오르는 일이 많은 데 반해 아내는 별로 그
와의 동행을 원하지 않아 두 사람의 동반 기회가 너무 드물다 보니,
아무래도 그의 잦은 여행길과 부재가 그 불화의 한 가지 원인임에

분명했다. 한데다 사태는 악화 일로, 더 이상 수습할 수 없는 파경 지경에까지 이르렀다. 그러자 사내는 아내의 마지막 결심이 터져 나오기 전에 시간의 말미를 마련해 줄 겸 그녀에게 맘에 맞는 친구들과 동행으로 프랑스의 한 해변 여행을 다녀올 것을 권했다. 2차 대전 연합군 상륙 작전의 전사가 밴 그 프랑스 서북쪽 노르망디 해변은 그 가뭇없는 역사의 흔적 때문이 아니라 그가 가장 최근에 다녀온 곳일뿐더러, 아득한 수평선과 잔잔한 마을 풍광이 아내와의 갈등으로 인한 그의 불편한 심사를 어느 곳보다 부드럽게 가라앉혀 준 곳이었기 때문이다. "머리를 좀 식힐 겸 당신도 한번 그 바닷가엘 가 서봐. 내가 거기서 무엇을 생각했는지, 당신과 우리 일에 대한 내 마음이 어땠는지 아마 당신도 알게 될 거야."

사람에 대한 믿음을 아직 잃지 않고 있어선지, 그의 아내 또한 다행히 남편의 권유를 받아들였고, 얼마 뒤 그녀는 단체 관광 팀에 끼여 그 노르망디 해변 쪽 여행을 다녀왔다. 그런데 참으로 희한한 일이었다. 남자는 여자에게 자신이 다녀온 해변의 마을 이름이나 대충의 위치 정도뿐 그가 모래사장을 걷고 바다를 바라본 장소까지는 말해 준 일이 없었다. 그런데 아내는 정확히 그가 거닐고 서 있었던 지점을 그대로 다녀온 것이었다. 하지만 그것은 더러 그럴수도 있는 일이었다. 보다 놀라운 것은 그녀가 주워 집에까지 간직해 온 한 조각 해변 돌멩이였다. 남자는 그 많은 여행길마다 뒷날의 기억을 위해 여행지 돌멩이를 한 조각씩 주워 지녀 오는 버릇이 있었다. 그 돌멩이 조각들이 집 안 곳곳을 채우고 드는 바람에 여자가 적잖이 짜증기를 참아 온 터이기도 하였다. 하지만 남자는 그노르망디 해변 길에선 돌멩이를 지녀 오지 않았었다. 이번에도 해변 모래톱에서 흰 줄무늬가 박힌 소라 껍질 모양의 돌멩이를 한 조각 찾아 들기는 했었다. 하지만 어딘지 아직 혼란스러운 심사 탓에 그걸 다시 모랫길에 던져두고 말았었다. 그런데 아내가 바로 그 돌 조각을 다시 주워 지니고 온 것이었다.

그 돌멩이가 아내의 여행과 마음결 모든 것을 말해 주고 있었다. 남자는 아무것도 더 물을 것이 없었다…….

그런데 그의 나이로 보아 어딘지 자기 동일시 경향이 짙어 보이는 그 이야기에 비해 다시 몇 년 뒤의 다음번 이야기엔 거의 그 자신의 직접적인 체험과 소회가 담겨 있음이 더욱 확연했다. 그 무렵 그는 한동안 집안 어른의 우환으로 밤낮없이 병원 출입이 잦은 낌새였는데, 하루는 얼굴이 많이 상한 모습을 하고 나타나서 다행히 병원 쪽 일을 무사히 넘겼노라며 형준에게 틈 있으면 어디든지 큰 병원 입원 병동의 보호자 휴게실을 한번 찾아가 보라는 것이었다.

"내 지금 설명을 해 주면 느낌이 덜할 테니 자네가 직접 한번 찾아가 그 휴게실의 벽 위에 남겨진 사람들의 머리 자국을 살펴보라구. 그런 흔적은 어느 병원 휴게실이나 마찬가질 테니, 그게 다 무얼 말하는지."

다름 아니라 이번에는 자신이 구한 소설거리를 직접 말해 주는 대신 반형준 스스로 그걸 찾아보라며 그 소재만을 일러 준 것이었다. 그의 주문대로 반형준은 물론 며칠 뒤 시간을 내어 어느 종합 병원 입원 병동 휴게실을 한 곳 찾아갔다. 그리고 금세 구정빈의 뜻을 헤아릴 수 있었다.

시각이 정규 면회 시간을 넘긴 늦은 때라서 그런지 휴게실엔 때마침 밤샘 수발을 해야 하는 한두 사람의 보호자밖에 거의 이용자가 없었다. 그런데 그 한두 사람 이외에 자리가 비어 있는 긴 걸상 뒷벽 위에 검고 둥그런 머리 땟자국이 일정하게 찍혀 있었다. 그리고 그 뚜렷한 머리 땟자국의 사연은 방금 한두 이용자가 밤이 되기 전에 잠시나마 지친 심신을 추슬러 두려는 듯 뒷벽에 머리를 기댄 채 눈을 감고 앉아 있는 모습에서 어렵잖게 읽어 낼 수 있었다. 하나같이 피곤기와 졸음과 근심을 지고 앉아 잠시 동안 마음과 육신의 짐을 덜어 보려 했을 간절한 소망과 기구의 흔적들. 그 고통스러운 삶의 질곡과 회원이 거기 그렇듯 피곤하고 누추한 땟자국으로 찍혀 남겨진 것이었다.

과연 한번 소설을 시도해 봄 직한 소재요, 주제가 아닐 수 없었다.

그리고 그 몇 년 동안 이전의 소재들을 줄곧 실패로 끝내 온 것 한가지로 반형준은 그것으로 한 번 더 낙선의 고배를 마련한 격이었다.

하지만 반형준이 이제 와서 새삼 그걸 애석해할 바는 없었다. 보다는 그 이야기를 바탕으로 소설을 꾸밀 때도 그랬고 낙방의 고배를 마시고 나서도 그랬듯이, 그 구정빈 자신의 삶의 정서와 굴곡이 느껴지는 이번 소재에서 형준은 구정빈의 세상사에 대한 모종의 각성이나 성숙감보다 알 수 없는 피로감 혹은 염세적 체념의 그림자 같은 것이 감지되기 시작한 것이 새삼 더 마음에 걸릴 뿐이었다. 분명한 이유는 알 수 없었지만, 반형준에겐 이후 자꾸 그런 느낌이 짙어 갔다. 게다가 그가 권한 마지막 소잿거리가 자신의 직접 체험의 소회에서거나 적어도 자기 동일시의 냄새가 짙은 것이었고 보니, 반형준은 이전의 그의 모든 이야기들 또한 그 자신의 체험이나 동일시의 소산이 아니었던지 의심이 가기 시작했다. 그가 병원 사무장을 지낸 일이 없고 군 생활도 시종 나라 안에서 치르고 나왔다니 그의 모든 이야기가 자신의 체험일 수는 없었지만, 그 휴게실의 인간살이 풍정과 돌멩이 일화를 포함한 몇몇 소재들은 그 자신의 직접 체험이 아니더라도 일정 부분 내심의 동일화 과정을 거친 것들이었으리라는 느낌 또한 지울 수가 없었다. 그게 어느 정도 사실이라면 반형준은 그의 수많은 이야기들을 소설화하는 데에 실패한 것뿐만 아니라, 그의 삶의 의미를 통째로 망쳐 온 꼴이기도 하였다.

반형준은 이제 구정빈 앞에 그렇듯 큰 죄를 지은 사람처럼 민망하고, 그의 마지막 소재에 자신의 피로감과 체념기가 드러나기 시작한 듯한 상서롭지 못한 조짐에 적이 마음이 불편해지고 만 것이다. 그리고 불행히도 이후부터 반형준의 그런 느낌은 어느 정도 사실로 드러나기 시작했다.

구정빈도 물론 실망감이 너무 커 더 이상 반형준의 문재를 믿지 못하게 된 탓인지 모르지만, 그는 병원 휴게실 건을 마지막으로 반형준의 소설 일에 그만 관심과 조력을 거두어 버린 것이다. 더 이상 소잿거리를 얻어다 주지도 않았고, 전화를 걸어 그의 새 소설 일을 묻는 일도 없었다. 어쩌다 한 번씩 술자리 호출이 있어도 소설 이야기 따윈 짐짓 말을 참아 넘기고 마는 낌새 속에 제 엉뚱한 중년 나이 푸념이나 늘어놓다 맥없이 자리를 일어서곤 하였다. 반형준의 소설을 기다리거나 추궁하고 들기는커녕 이젠 아예 머릿속에도 남아 있지 않은 일 같았다. 그리고 끝내는 두 사람 간의 그런 만남조차도 차츰 뜸해져 가고 있었다.

그런데 그건 차라리 반형준이 예상치 못한 그의 불행의 전조에 불과했다.

그리고 다시 그런 식으로 그럭저럭 1년 가까운 세월이 흐른 그 이듬해 늦여름께였다.

여름 방학이 끝나고 새 학기가 시작된 그날은 마침 교직원 간 회식이 예정되어 있던 참인데, 구정빈이 지금 그 학교 근처 주점으로 나와 있으니 오랜만에 이야기도 좀 나눌 겸 시간이 되면 퇴근길에 한번 들러 가라는 전화를 해 왔다. 하지만 그날따라 반형준은 잠시 망설인 끝에 다음 기회로 자리를 미루고 말았다. 모처럼 다시 그 술집까지 찾아와 그를 불러내는 정황으로 보아 필시 또 건네주고 싶은 이야깃거리가 생긴 듯싶긴 했지만, 학기 초의 첫 직원 회식 자리를 빠질 수 없는 터라, 이날은 웬일로 그의 부인까지(오래전 이미 비슷한 경로로 인사를 치른 적이 있었지만) 동반해 왔다는 소리를 구실 삼아서였다.

"양주께서 모처럼 주향 데이트를 즐기러 나오신 모양인데, 그런 자리에 잡인이 함부로 끼어들 수 있겠어. 오늘은 두 분이서 오붓하게 즐기시고, 우린 며칠 뒤에 따로 기회를 마련하면 어때? 실은 나, 오늘 학교에 불가피한 일이 생겨서 말이여."

그런데 일이 공교롭게 얽히려 그랬던지, 그 소리를 들은 구정빈 역시 더 이상 그를 강요하지 않았다.

"그러지 뭐. 얼굴 볼 기회야 얼마든지 있을 테니까. 그럼 다시 연락할게."

실은 그저 지나는 길에 이쪽 사정이나 알아볼 뿐이었다는 듯 간단히 전화를 끊고 말았다.

하지만 이날 밤 그는 밤늦게 다시 전화를 걸어 새삼 그 재회 약속을 다짐하는 분명한 자기 징표를 알려 왔다.

"나 오늘 그 술집에다 나중에 자네하고 마실 술을 미리 사 맡겨두고 왔지. 마누라하고 먹다 남긴 술병에다 새것까지 한 병 더해서 말이야. 그러니 그 술 다른 손 타기 전에 우리가 일간 만나서 마셔 없애야겠지? 당장 날짜를 잡기 뭣하면 자네 혼자 찾아가 먼저 마셔도 좋고……."

아직 술기가 가시지 않은 목소리였지만, 그를 만나기를 그만큼 기다린다는 증거였다. 반형준은 그 구정빈에게 뭔지 그만큼 절박하게 하고 싶은 이야기가 있는 듯싶기도 하였다.

하지만 결말부터 말하면 반형준은 끝내 그 마지막 구정빈의 이야기를 듣지 못하고 말았다.

'당장 날짜를 잡기 뭣하면 자네 혼자 찾아가 먼저 마셔도 좋고…….'

구정빈 자신도 당시엔 모르고 한 소리였겠지만, 반형준이 미처 그 다그침의 비의를 제대로 알아차리지 못한 데다, 그로 하여 그의 당부는 그 자신을 위해 가장 불행한 예언이 되고 만 것이다.

그의 심사가 다소 조급해 있는 것을 짐작하면서도 신학기의 번잡한 업무 때문에 당일은 물론 이후에도 한 이틀 마음속 작정을 못 내린 채 그의 호출 전화가 은근히 꺼려지고 있던 참이었다.

"오늘 아침 갑자기 그이가 가셨어요…… 전화를 하다가 뇌일혈을 일으켜서요."

반형준의 예상과는 달리 이번에는 구정빈 대신 그의 아내가 이른 아침 교무실을 들어서자마자 전혀 뜻밖의 불행한 소식을 알려왔다.

"자세한 경위는 저도 잘 모르겠어요. 하지만 다른 한 친구에게 말 못할 배신을 당한 것만은 틀림없어요."

부랴부랴 영안실로 찾아간 반형준은 그동안 이미 심한 마음의 고초를 겪은 탓인지 생각보다 침착한 여자의 설명에 그동안 자신이 그의 일에 너무 무심해 온 데에 심한 죄의식을 느끼지 않을 수 없었다. 알고 보니 구정빈은 한 대학 동창의 권유에 따라 그동안 제법 호황을 누리던 동네 슈퍼를 팔고 그 친구의 대형 매장 사장(그 친구는 회장 명의로 뒤에 물러앉아 실질적인 경영권을 행사하고 있었으니 사실은 명목상의 대리 사장 역이었지만) 자리를 맡아 오고 있었댔다. 자신의 슈퍼를 매각한 돈을 그 매장의 규모와 자본금 확장 명목으로 투자하는 조건에서였다. 하지만 막상 일을 시작하고 보니 회사는 생각보다 영업 실적이 부진한 데다 재무 구조도 퍽 취약한 형편이었다. 그는 다시 발을 빼려 했지만 이미 엎질러진 물이었다. 자기분 투입 자금은 이미 기존의 부채 청산에 흔적도 없이 사라진 데다 시일이 흐름에 따라 그 빚 규모까지 자꾸 늘어 갔다. 그런데도 그는 회계 내용도 잘 알지 못하는 처지에 빠른 시일 안에 회사 경쟁력부터 다져 놓아야 한다는, 그래서 오래잖아 회사 경영만 정상화시켜 놓고 보면 모든 일이 잘 해결될 거라는 친구의 설득과 회계 실무자의 다짐에 따라 계속 자기 명의의 회사 수표를 발행해 사용했다. 친구의 큰소리만 믿고 종당에 가선 물정 없이 자기 집까지 담보로 제공해 가면서.

하지만 모든 건 처음부터 그 친구가 꾸민 계략이었다. 뒤에 드러난 일이었지만, 그 회장님 친구는 시종 재정 실무선을 동원한 위장

회계 속에 회사 자금을 차근차근 뒤로 빼돌려 챙겨 온 데다, 끝내는 사장 명의 발행 수표들까지 몽땅 부도를 내고 잠적해 버린 바람에 구정빈은 졸지에 부정 수표 사범으로 채권자와 경찰에게 함께 쫓기는 알거지 도망자 신세가 되고 만 것이었다.

"그러니까 며칠 전 선생님께 전화를 드린 것도 집엘 못 들어오고 피신 상태에서였지요. 저도 바깥 전화를 받고 주위의 눈을 피해 그 주점으로 나가 두어 주일 만에야 그이 얼굴을 보았으니까요."

하지만 그날 반형준이 오지 않을 걸 알고 혼자 망연해 있는 남편이 더욱 안돼 보여 그녀는 위험을 무릅쓰고 이런저런 구실로 그를 설득하여 집으로 데려갔다 하였다. 그리고 이미 남의 손으로 소유권이 넘어가 버린 집에서나마 모처럼 가족과 함께 하룻밤을 지내고 난 이튿날 아침 남편은 거실로 나가 여기저기 전날의 회장님 쪽 사람들과 전화 통화를 시도한 끝에 드디어 한 사람과 접속이 이루어진 낌새였댔다. 하지만 처음 1,2분은 목소리가 너무 조용하여 부엌 쪽에선 무슨 말이 오가는지 잘 들리지가 않았고, 그녀가 똑똑히 알아들은 말은 갑자기 언성이 높아지다 뒤가 힘없이 잘려 버린 그의 마지막 호통 소리뿐이었댔다.

'그래 도대체 날 언제까지 이런 도망자 꼴로 만들 거야! 이 천하에 배신…… 어어으으…….'

"기척이 이상해 쫓아 나가 보니 그이가 정신을 잃고 쓰러져 있지 뭐예요. 그러곤 119 구급차도 도착하기 전에 그만…… 알고 계셨는지 모르지만, 그인 평소부터 혈압이 좀 안 좋았거든요."

　장례를 치르고 나서도 그 구정빈의 죽음이 반형준의 머리에서 떠나지 않았음은 물론이었다. 소설거리에 관한 일 이외엔 그의 일에 너무 무관심해 온 자신에 대한 자책감에다, 쫓기는 처지에 있던 그의 마지막 술자리 주문을 무심히 외면하고 만 데 대한 후회, 그리고 그 술자리에서 구정빈이 그에게 털어놓고 싶었던 이야기(그것이 비록 소설거리가 아니었더라도)가 무엇이었을까 하는 궁금증 등으로 반형준의 머릿속은 늘 어수선하기만 하였다. 그런 괴로운 상념은 그가 반형준을 위해 주점에 남기고 간 술병을 생각할 때면 더욱 그를 옥죄고 들었다. 자신의 일을 미리 알고 부러 그랬을 리는 없겠지만, 그가 이승의 친구에게 마지막으로 남기고 간 술을 그냥 모른 척 버려둘 수도 없었고, 그렇다고 혼자 그걸 선뜻 마시러 나설 수도 없었기 때문이다.

　하지만 어느 날 반형준이 작심을 하고 술집을 찾아 혼자서 그 술병을 앞에 하고 앉았을 때, 그는 마치 구정빈의 보이지 않는 넋과 그 친구가 자신에게 건네주는 술잔을 앞에 한 기분이었다. 그리고 새삼 더 가슴 저리는 회한 속에 자신에게 건네진 그의 죽음의 비의한 가지를 읽어 냈다. 그가 그 술병을 죽음 뒤에 남기고 간 것은 반형준에게 그 기이한 사연의 술잔 앞에 제 죽음의 수수께끼를 읽어 내라는 뜻만 같았다. 그 죽음의 수수께끼를 읽어 내는 일 자체가 소설이 될 수 있었다. 그가 마지막 술자리에서 반형준에게 하려던 이야기란 그 무렵 정황으로 보아 그의 소설과는 별 상관없는 자신의 삶의 정서, 어쩌면 그 동업자에 대한 배신감이나 인간살이의 부조리 혹은 바로 반형준 자신에 대한 어떤 원정(願情) 같은 것들이었는지 몰랐다. 그날 남편이 반형준 자신에게 특별히 무슨 할 이야기가 있는 것 같았느냐는 뒷날 물음에 그의 아내가 한동안 대답을 망설였고 보면 사실은 그 어느 쪽도 아니거나 아예 예정된 이야기가 아무것도 없었을 수도 있었다. 하지만 그게 어느 쪽이든 이제 그것은 별 상관이 없는 일이었다. 이제는 그의 죽음 자체가 소설이었다. 실패만을 거듭해 온 수많은 이야깃거리 도움 끝에 종당엔 그 자신의 죽음을 소설거리로 남겨 준 셈이었다.

"무엇보다 그의 죽음이 제게는 제 소설이 이웃 사람들이나 세상과 만나는 문으로 여겨졌으니까요. 그래 저는 몇 달 뒤 그의 죽음으로 제 문학의 문을 열어 나간다는 각오 속에 내게 대한 그 죽음의 수수께끼와 술병의 의미를 중심으로 다시 소설을 한 편 썼지요. 이번엔 모처럼 제 자신의 이름으로 그걸 응모했구요."

반형준은 소설의 뒷사연을 끝내고 나서 여담처럼 덧붙였다.

"그런데 제가 그 죽음을 조금이라도 제대로 읽은 대목이 있었던지 이번엔 당선 소식이 오더군요. 그러니 하필이면 이번이냐 싶어 내심 몹시 괴이하고 민망스러운 느낌이 들기도 했지만, 그런 식으로 뒤늦게나마 그의 혼령 앞에 진심의 위로와 사죄를 바치고 싶은 제 노력이 헛되지 않은 듯싶어 조금은 위안이 되기도 했구요."

"그럼 앞으론 어쩔 생각이세요. 이전에 소설을 썼다가 실패한 그
친구의 이야기들 말이에요. 이젠 기다리던 등단 기회를 얻었으니
앞으로 그 이야기들을 차근차근 다시 써볼 생각은 없으세요?"

이야기를 다 듣고 난 내가 구정빈의 죽음을 중심으로 그가 일러
준 전일의 소재들은 그 내용과 과정만을 간략히 소개하고 지나간
당선 작품의 구성을 떠올리며 마지막으로 한마디 물었다.

그런데 그는 내 예상과는 다른 대답이었다.

"이미 썼다가 실패한 것들인데 어떻게 그걸 다시 쓰겠어요? 이
번 소설에서 대충 내용을 소개한 이야기들이기도 하구요. 여기까
지 친구의 유덕을 입었으면 이제부턴 저 자신의 이야기를 써 보도
록 해야겠지요. 하지만 그가 가고 없는 마당에 저 혼자 그것이 가
능할지 모르겠어요."

하지만 나는 그에게 한 번 더 다짐을 주었다.

"어쩌면 그 이야기들을 다시 쓰고 싶을 수도 있을지 모르지요.
구정빈 씨의 죽음 이외에 그 일련의 이야기들에 이번 작품과는 다
른 의미가 드러날 땐 말이지요. 그런 때를 위해 내 한 3년쯤 반 형
을 기다려 보지요. 그 이야기 가운데에 어쩌면 내 몫으로 남는 대
목이 있는 것 같기도 하니까요. 지금까지 반 형의 후일담에 나름대
로 열심히 귀를 기울여 들어 드린 값으로 말이오."

반형준은 그 구정빈의 죽음을 자기 소설이 세상과 만나는 문으

로 읽고 싶었고, 그래 그의 죽음을 쓰는 일을 제 소설의 문을 열어 나가는 일로 여겼다던가. 하지만 구정빈의 죽음과 그 죽음의 수수께끼(의미)가 이야기와 관심의 핵심을 이루는 반형준의 소설을 넘어 그의 죽음을 포함한 생전의 이야깃거리 취재 내용이나 친구에 대한 그간의 소망 따위 구정빈의 삶 전체의 과정에 눈길이 이르고 보면, 구정빈 또한 이미 자신 속에 그의 이웃과 세상을 향한 만남의 문이 마련되어 있었거나, 그 의문투성이 삶 자체가 그 문이었을 수도 있었다. 그는 왜 그런 식으로 살다 그렇게 갔는가……? 반형준도 그 일련의 이야기들에 대한 구정빈의 자기 동일시 경향을 말한 대목이 있었지만, 그는 그렇듯 그 이야기들을 직접 자신의 삶으로 살다 갔을지 모른다는 한 낯선 이웃의 여망에도 불구하고 그 마지막 의문은 여전히 해명할 길이 없는 데다, 그 알 수 없음의 화두야말로 우리 삶과 문학의 영원한 유예의 수수께끼, 숙명적 비의의 문이자 어쩌면 우리 삶 자체일지도 모르니까.

그게 어쩌면 내가 굳이 반 씨에게 그걸 묻고 다짐한 이유이자, 이런 식으로 염치없이 다시 이 이야기를 소개하게 된 연유다.

왜냐하면 앞에서 이미 말했듯 이후 몇 년 동안 반형준 씨는 자신의 우려처럼 아직 그 구정빈의 이야기를 다시 써낸 일은 물론 그가 바라던 자기 취재 이야기도 한 편 내놓은 일이 없기 때문이다.

이청준 연보

1939년   8월 9일 전라남도 장흥군 회신면 신목리 출생.

1960년(21세)   서울대학교 독어독문학과 입학. (4·19 학생 혁명 당년).

1965년(26세)   『사상계』 신인 문학상에 단편 「퇴원」 당선.

1966년(27세)   서울대학교 독어독문학과 졸업. 『사상계』 입사.

1967년(28세)   『여원』 입사.

1968년(29세)   단편 「병신과 머저리」로 제12회 동인 문학상 수상. 월간
                 『아세아』 창간에 참여. 남경자와 결혼.

1969년(30세)   단편 「매잡이」로 제1회 대한민국 문화예술상 신인상 수상.

1971년(32세)   월간 『지성』 창간에 참여. 첫 창작집 『별을 보여드립니
                 다』(일지사) 출간.

1972년(33세)   중·장편집 『소문의 벽』(민음사) 출간. 단편 「석화촌」이
                 영화화되어 청룡영화제 최우수 작품상 수상.

1973년(34세)   『조율사』(삼성출판사 문고판) 출간.

1975년(36세)   창작집 『가면의 꿈』(일지사), 『병신과 머저리』(삼중당 문
                 고판) 출간. 중편 「이어도」로 제8회 한국일보 창작문학

상 수상. 일본어판『씌어지지 않은 자서전(書かれざる自敍傳)』(泰流社) 출간.

1976년(37세) 장편『당신들의 천국』(문학과지성사), 창작집『이어도』(서음출판사) 출간.

1977년(38세) 창작집『예언자』(문학과지성사),『자서전들 쓰십시다』(열화당) 출간.

1978년(39세) 중편「잔인한 도시」로 제2회 이상 문학상 수상. 수상작품집『잔인한 도시』(홍성사), 창작집『남도 사람』(예조각), 장편『이제 우리들의 잔을』(예림출판사) 출간. 산문집『작가의 작은 손』(열화당) 출간.

1979년(40세) 장편『춤추는 사제』(홍성사), 장편『흐르지 않는 강』(문장) 출간.

1980년(41세) 창작선집『매잡이』(민음사), 창작집『살아 있는 늪』(홍성사) 출간. 단편「살아 있는 늪」으로 중앙문예 대상 예술부문 장려상 수상. 꽁트집『치질과 자존심』(문장) 출간.

1981년(42세) 장편『낮은 데로 임하소서』(홍성사), 연작 소설『잃어버린 말을 찾아서』(문학과지성사) 출간.

1982년(43세) 창작집『시간의 문』(중원사) 출간, 희곡『제3의 신』(현대문학) 발표, 국립극장 공연.

1984년(45세) 장편『제3의 현장』(동화출판공사), 창작선집『눈길』(홍성사),『황홀한 실종』(나남) 출간.

1985년(46세) 창작집 『비화밀교』(나남출판), 산문집 『말없음표의 속말들』(나남출판) 출간.

1986년(47세) 꽁트집 『따뜻한 강』(우석) 출간. 중편 「비화밀교」로 제7회 대한민국 문학상 수상. 영어판 『당신들의 천국(This Paradise of Yours)』(Cresent Publications) 출간.

1987년(48세) 창작선집 『겨울 광장』(한겨레) 출간.

1988년(49세) 장편 『아리아리 강강』(우석) 출간.

1989년(50세) 장편 『자유의 문』(나남출판) 출간.

1990년(51세) 창작집 『키 작은 자유인』(문학과지성사), 장편 『자유의 문』으로 제2회 이산 문학상 수상.

1991년(52세) 창작선집 『새가 운들』(청아), 장편 『젊은 날의 이별』(청맥) 출간. 프랑스어판 「이어도(L'îe d'Io)」와 「예언자(Le Prophète)」(Actes Sud) 출간.

1992년(53세) 장편 『아리아리 강강』을 개작하여 『인간인』(우석) 출간. 창작집 『가해자의 얼굴』(중원사) 출간. 일본어판 『자유의 문(自由の門)』(栢書房) 출간.

1993년(54세) 연작 소설 『서편제』(열림원) 출간. 임권택 감독에 의해 영화화되어 대종상 최우수 작품상 수상. 프랑스어판 『당신들의 천국(Ce paradis gui est le vôtre)』(Actes Sud) 출간. 터키어판 「예언자」(iletisim) 출간.

1994년(55세) 장편 『씌어지지 않은 자서전』(장락), 『춤추는 사제』(장락), 『흰옷』(열림원), 산문집 『사라진 밀실을 찾아서』(월간 에세이), 동화 『바람이의 비밀』(삼성출판사) 출간. 장편 『흰옷』으로 제2회 대산 문학상 수상. 일본어판 『서편제(西便制)』(부川書房) 출간.

1996년(57세) 장편 『축제』(열림원), 창작선집 『섬』(열림원) 출간. 판소리 동화 『토끼야, 용궁에 벼슬 가자』, 『놀부는 선생이 많다』(열림원) 출간.

1997년(58세) 동화 『뻐꾸기와 오리나무』(금성출판사), 『할미꽃은 봄을 세는 술래란다』(열림원), 『한국 전래 동화 1,2』(파랑새 어린이) 출간.

1998년(59세) 『이청준 문학 전집』(열림원) 출간 시작. 단편 「날개의 집」으로 제1회 21세기 문학상과 성옥문화상 예술 부문 대상 수상. 스페인어판 『예언자』 콜롬비아에서 출간.

1999년(60세) 프랑스어판 『제3의 현장』(Librairie-galerie Racine), 영어판 『예언자(The Prophet)』(Cornell University), 독일어판 『불의 여자(Die Feuerfrau und andere Erzählungen)』(Residenz Verlag) 오스트리아 출간.

2000년(61세) 장편 『인문주의자 무소작 씨의 종생기』(열림원), 창작집 『목수의 집』(열림원), 청소년용 선집 『선생님의 밥그릇』(다림) 출간. 독일어판 『비화밀교(Das geheime Feuerfest)』(Pendragon Verlag), 『토끼야, 용궁에 벼슬 가자』(Der Hase im Wasserpalast oder Wie es zugeht aut der Welt)(Peperkorn) 출간.

2001년(62세) 산문집『야윈 젖가슴』(마음산책), 동화집『떠돌이 개 깽깽이』(다림) 출간. 프랑스어판『흰옷(L' harmonium)』(Actes Sud), 독일어판『놀부는 선생이 많다(Nolbu hat viele Lehrer oder Zweierlei Menschen)』(Peperkorn) 출간.

2002년(63세) 이탈리어판『제3의 현장』(O barra O), 독일어판『축제 (Die Trauerfeier)』(Horlemann), 『산인한 도시(Brutale Stadt)』(Haag+Herchen) 출간.

2003년(64세) 『이청준 문학 전집』(전 25권. 열림원) 완간. 장편『신화를 삼킨 섬』(열림원), 산문집『그와의 한 시대는 그래도 아름다웠다』(현대문학), 동화『숭어 도둑』(디새집) 출간. 제17회 인촌 문화상 수상.

2004년(65세) 창작집『꽃 지고 강물 흘러』(문이당), 공동산문집『옥색 바다 이불 삼아 진달래꽃 베고 누워』(학고재), 산문집『아름다운 흉터』(열림원) 출간. 동화『동백꽃 누님』(다림), 『새 소리 흉내쟁이 요산 아저씨』(두산동아) 출간. 스페인어판『당신들의 천국(Paraiso Cercado)』, 『서편제』(Trotta), 영어판『당신들의 천국(Your Paradise)』, 『서편제』(Green Integer), 터키어판『이어도(Io Adasi)』(Everest) 출간. 제36회 대한민국 문화예술상 수상.

2005년(66세) 『이청준 판소리 동화』(전 5권. 파랑새 어린이), 꽁트집『마음 비우기』(이가서), 산문집『머물고 간 자리, 우리 뒷모습』(문이당) 출간. 독일어판『흰옷(Die Weiben Kleider)』(Iudicium) 출간. 예술원회원 선임.

선학동 나그네

초판 1쇄 발행일 · 2006년 1월 31일
초판 3쇄 발행일 · 2007년 4월 5일
지은이 · 이청준
펴낸이 · 임성규
펴낸곳 · 문이당

등록 · 1988. 11. 5. 제 1-832호
주소 · 서울시 성북구 동소문동 4가 111번지
전화 · 928-8741~3(영) 927-4990~2(편)
팩스 · 925-5406
ⓒ 이청준, 2006

홈페이지 http://www.munidang.com
전자우편 webmaster@munidang.com

ISBN 89-7456-325-8 83810